Atrapada en sus brazos

India Grey

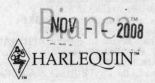
HARLEQUIN™

Editado por HARLEQUIN IBÉRICA, S.A.
Hermosilla, 21
28001 Madrid

© 2007 India Grey. Todos los derechos reservados.
ATRAPADA EN SUS BRAZOS, N.º 1847 - 11.6.08
Título original: The Italian's Captive Virgin
Publicada originalmente por Mills & Boon®, Ltd., Londres.

I.S.B.N.: 978-84-671-6122-9
Depósito legal: B-19886-2008
Editor responsable: Luis Pugni
Preimpresión y fotomecánica: M.T. Color & Diseño, S.L.
C/. Colquide, 6 portal 2 - 3º H. 28230 Las Rozas (Madrid)
Impresión y encuadernación: LITOGRAFÍA ROSÉS, S.A.
C/. Energía, 11. 08850 Gavá (Barcelona)
Fecha impresion para Argentina: 8.12.08
Distribuidor exclusivo para España: LOGISTA
Distribuidor para México: CODIPLYRSA
Distribuidores para Argentina: interior, BERTRAN, S.A.C. Vélez
Sársfield, 1950. Cap. Fed./ Buenos Aires y Gran Buenos Aires,
VACCARO SÁNCHEZ y Cía, S.A.
Distribuidor para Chile: DISTRIBUIDORA ALFA, S.A.

Prólogo

E L VESTIDO era de seda color marfil, con mucha caída. En los años cincuenta había sido un traje de fiesta que había pertenecido a la *grandmère;* y la madre de Anna lo había arreglado para que se ajustara al delgado cuerpo de la niña y añadido un lazo a la cintura, justo por encima del vuelo de la falda.

–Es precioso –dijo Anna mientras se miraba al espejo con la mirada rebosante de felicidad–. Justo lo que llevaría una novia de verdad. Es el mejor regalo de cumpleaños de mi vida. Gracias, mamá.

Lisette sonrió.

–Feliz cumpleaños, *chérie.* Tú sí que estás preciosa. Pareces una princesa de cuento.

Anna frunció el ceño, sabiendo que no era verdad. Las princesas de los cuentos serían rubias y de ojos azules, como su madre; no tendrían el pelo negro y la piel aceitunada como ella. Pero de todos modos le encantaba el vestido.

Tenía suerte de que su cumpleaños cayera en verano, cuando su madre y ella estaban con *grandmère* en Château Belle Eden, y ese verano se lo habían pasado jugando a las bodas. Recogía montones del flores de los jardines del castillo y formaba guirnaldas con hojas de hiedra y jazmines con los que decoraba las barandillas, y juntaba grandes y perfumadas rosas en ramos. En la tarde calurosa y pausada, mientras su madre tocaba el piano en el salón, Anna bajaba las escaleras alfombrando el suelo de pétalos a su paso, hacia su desposado imaginario.

Se lo imaginaba al pie de la elegante escalera, con el mismo aspecto que el príncipe de sus cuentos de hada: alto, rubio y elegante. Anna imaginaba una y otra vez el momento en el que él se volvía y la miraba: el amor que ardía en sus ojos azules siempre la dejaba sin respiración.

C'EST tout, mademoiselle?

Anna echó un último vistazo a su infancia amontonada en la parte de atrás del camión de subastas, y aspiró hondo.

–Sí. Es todo.

El hombre subió la portezuela trasera y se sacudió el polvo de las manos.

–*Bien, mademoiselle*. Sólo quedan unas cuantas cajas en el ático; pero nada que pueda venderse en el salón de París, me temo. Tal vez en alguna empresa local, sí.

Anna asintió con distracción mientras golpeaba la grava del suelo con la punta de la bailarina de ante verde. Entonces se dio cuenta: llevaba tanto tiempo en chanclas de esparto y viviendo con los del grupo Green Planet que casi había olvidado cómo se comportaba uno con ropa normal.

Se puso derecha y miró al hombre con una sonrisa de disculpa. La expresión del hombre se suavizó. Habiendo trabajado tantos años para la mejor casa de subastas de París, nada debería sorprenderlo ya. Los aristócratas ingleses eran bastante excéntricos, pero *lady* Roseanna Delafield no se parecía a ninguno de los que había conocido. Con su sedoso cabello negro veteado con mechones rosados y sus rápidos y gráciles movimientos de bailarina, era como un gato de raza que se hubiera perdido. Ese día llevaba el pelo recogido en un discreto moño bajo, y vestía un vestido corto de lino

negro que resaltaba la tonalidad albaricoque de su piel.
Pero nada podía ocultar la vulnerabilidad tras sus grandes ojos negros.

—*Bon chance, ma petite* —le dijo el hombre con
amabilidad mientras se montaba en el asiento del conductor—. Es triste decir adiós al lugar donde hemos
sido felices, ¿verdad?

Anna se encogió de hombros con tristeza.

—Sí, pero tal vez no sea un adiós definitivo...

El hombre sacó la cabeza por la ventanilla y se echó
a reír.

—A veces ocurre un milagro —arrancó y le guiñó el
ojo—. Lo mereces. *Au revoir.*

Anna observó la camioneta desaparecer entre los
pinos al dar la curva, antes de regresar tranquilamente
al *château*. En el interior el aire cálido y pesado del verano olía a rancio, y Anna paseó la mirada con desolación por el otrora espléndido vestíbulo de entrada.

Subió las escaleras despacio, con sus zapatitos de
tacón bajó repiqueteando sobre el sueño cubierto de hojas. Por encima de ella, milagrosamente, la cúpula de
cristal emplomado seguía intacta, y en ese momento
un rayo de luz iluminaba suavemente las escaleras.
Sonrió al recordar lo mucho que había disfrutado de
niña tratando de atrapar los rayos de sol reflejados en
las escaleras y en el vestido blanco que su madre le había regalado ese verano por su cumpleaños y con el
que ella había jugado a las bodas.

Había sido el verano antes de morir su madre.

El sonido del móvil la sacó de su ensoñación.

—Fliss, voy de camino —dijo Anna—. Los de la subasta se acaban de marchar, así que voy a cerrar y a
marcharme.

—De acuerdo, cariño, te pediré un Martini bien cargado —dijo Fliss en tono comprensivo—. ¿Vas a tomar
el autobús?

–No. Uno de los chicos de Green Planet me va a prestar una bicicleta; como sólo son unos cuantos kilómetros.

Fliss soltó una risotada.

–Estás de broma, ¿verdad? Anna, nadie ha llegado jamás al Hotel Paradis en bicicleta. ¿Quieres que te la aparque el portero?

Anna frunció el ceño mientras salvaba un tramo corto de escaleras que conducían al ático.

–No seas tonta. No veo por qué tendría que llenar el ambiente de dióxido de carbono sólo para que los porteros del Paradis sigan cobrando propinas.

–De acuerdo, de acuerdo, no me eches el sermón medioambiental –la sonrisa se desvaneció de la voz de Fliss–. Y hablando de todo un poco, ¿qué tal la vida en el campamento de Green Planet? ¿Habéis terminado de salvar el mundo por los demás?

Anna se acercó hasta las cajas y los viejos arcones que los hombres habían dejado amontonados en medio del ático polvoriento.

–Seguimos trabajando en ello –dijo en tono seco mientras abría un arcón y se fijaba en un revoltijo de ropa–. Salvar el Château Belle Eden de este... de ese vil promotor inmobiliario sería un buen comienzo.

–Bueno, si las noticias que han llegado al despacho son que el «vil promotor» es Angelo Emiliani, no tienes ninguna oportunidad de salvarlo –respondió Fliss–. ¡Anna! ¿Qué te pasa? –añadió al oír la suave exclamación de Anna.

–Nada. Acabo de encontrar mi viejo arcón de los disfraces. Todo mi equipo de ballet está aquí; incluso mis viejas zapatillas de punta –enrolló las cintas alrededor de las zapatillas y entonces sacó despacio un montón de pesada tela de seda color crema del fondo del arcón–. ¡El vestido de novia!

Anna lo separó un poco y miró la prenda con admiración. La tela había amarilleado con el tiempo y tenía manchas de moho. Se apoyó el teléfono en el hombro, se colocó el vestido encima y dio una vuelta despacio.

–Y pensar que yo creía que con esto parecía una novia de verdad –suspiró por teléfono–, como una princesa de cuento de hadas... Debía de ser de lo más ingenua.

Eso era decir poco.

Bruscamente se retiró el vestido y lo echó al arcón.

–De todos modos –continuó en tono dinámico–; como he dicho ya, no me queda nada que hacer aquí. Voy de camino.

–Estupendo. Estaré en la terraza de la cafetería, si puedo conseguir mesa. No te olvides de que Saskia Middleton cumple hoy veintiún años, así que ponte algo apropiado –añadió Fliss con preocupación–. No me he recuperado de la falda de vuelo y las botas de motera de la fiesta de Navidad de Lucinda. Su pobre madre no sabía qué decir.

Anna se miró el discreto vestido negro.

–No temas, voy muy formal –le dijo con pesar–. Y me he vestido así en tu honor, porque no tengo ninguna intención de ir a la fiesta de Saskia Middleton. Preferiría pasar una noche con Lucrecia Borgia y Hannibal Lecter. Pero reserva una mesa en la terraza y pide esos vermús. Llegaré en quince minutos.

Anna colgó antes de que Fliss empezara a discutir sobre la fiesta y pasó la mano por la seda resbaladiza del vestido de novia.

Cuántas cosas habían cambiado desde aquel verano en el que había creído que la vida era sencilla.

Nada era tan sencillo; ni siquiera ella misma.

El *château* era casi lo único que quedaba de aquella vida. Y ésa, pensaba con emoción mientras se levantaba, cruzaba rápidamente la pieza y bajaba las escaleras, era la razón por la cual no tenía intención de abandonar sin pelear. No tenía nada que ver con sus sueños de vestidos de novia y campanas de boda; pero su madre estaba muerta, sus sueños rotos y el significado de su propia identidad totalmente perturbada. *Ésa* era la razón por la que tenía que agarrarse a los últimos jirones de la persona que creía haber sido.

En ese momento se oyó un portazo abajo.

Anna cruzó el descansillo y quedó inmóvil. Una ráfaga de viento recorrió la casa un instante antes de que todo volviera a la normalidad. Sin embargo, el ambiente parecía distinto, ligeramente cargado, como cuando iba a estallar una tormenta; y Anna supo que no estaba sola en la casa.

Subió de puntillas el tramo de escaleras que acababa de bajar.

Pasaron unos segundos sin que se oyera ni un ruido. Entonces, se oyeron unos pasos en el pasillo. Supo que eran los pasos de un hombre porque eran lentos y mesurados, como los pasos del asesino del hacha de las películas de terror que había visto.

Los pasos se detuvieron.

Anna se echó hacia delante y se asomó tímidamente por la barandilla.

¡Tenía razón!

Era un hombre; muy hombre y muy rubio. Tal vez porque ella lo miraba desde arriba, le pareció que tenía los hombros más anchos que había visto en su vida.

–¿Hola?

Tenía una voz profunda con ligero acento extranjero, una voz preciosa, y Anna se dijo que no parecía un asesino.

–¿Quién está ahí?

Ella fue a responder pero apenas le salía un hilo la voz.

–De acuerdo, subiré yo –dijo el hombre después de maldecir entre dientes.

Anna sabía que se estaba comportando de un modo ridículo. Él, quienquiera que fuese, iba a subir y la vería allí acogotada en el descansillo como un animalito aterrado.

–No se moleste –respondió Anna mientras trataba de adoptar un aire natural y despreocupado.

Se acercó a las escaleras y empezó a bajar, muerta de nervios.

El hombre que estaba al pie de la escalera era su fantasía hecha carne. Por un instante todo quedó suspendido, y Anna regresó corriendo al pasado, como si tuviera diez años otra vez, con un ramillete de nomeolvides y rosas en la mano, bajando las escaleras para encontrarse con su héroe. Él estaba allí, tal y como ella se lo había imaginado tantas veces.

Sólo que sus ojos azul plata no la miraban con adoración, sino con una frialdad gélida.

–¿*Gesù*, quién demonios es usted?

Angelo Emiliani no era consciente de la hostilidad de su tono y no se molestó en disimularlo.

Arundel Ducasse tal vez fuera una de las agencias inmobiliarias de más renombre, con delegaciones en la mayoría de las grandes ciudades europeas, pero en las negociaciones de las últimas semanas con ellos no le habían sorprendido precisamente por su eficacia. En esa ocasión parecía que no sólo se habían equivocado con la hora de la visita, impidiéndole por consiguiente que él pudiera darse primero una vuelta solo por el *château*, sino que además le habían enviado a una joven oficinista con pinta de delincuente juvenil.

Y, desgraciadamente para ella, la paciencia no era lo suyo.

Se detuvo en el antepenúltimo escalón, donde ella quedaba un poco por encima de él, con expresión tanto nerviosa como desafiante. A pesar de su irritación, Angelo sintió algo extraño por dentro.

–Tal vez yo debería preguntarle lo mismo.

–O bien todos los que trabajan en la oficina de Arundel Ducasse de Niza han caído enfermos, o bien no comprendo cómo han podido enviar a la chica de las fotocopias a un asunto tan importante como éste.

Ella emitió un gemido entrecortado.

–Angelo Emiliani –dijo ella.

Su manera de pronunciar su nombre lo sacó de su ensimismamiento, y fue entonces cuando se fijó en ella bien. Había pensado que los colores de su pelo eran resultado de la luz que entraba por el cristal emplomado de la bóveda, pero entonces vio que tenía unos mechones pintados de rosa chillón en la melena negra que se había retirado de su delicado rostro ovalado. La miró despacio, fijándose en los ojos pintados de kohl y en el vestido mini negro, y entonces cayó en la cuenta. Había visto el campamento de los que protestaban entre los árboles al acercarse al *château*. Esbozó una sonrisa pausada.

–Correcto, *signorina*... ¿Y se llama usted?

Ella vaciló un momento, pero enseguida le tendió la mano y habló en tono claro y lleno de seguridad.

–Perdone, señor Emiliani, pero me ha pillado desprevenida. Soy Felicity de la oficina de Arundel Ducasse en Londres. He estado hablando con la marquesa de Ifford sobre la venta del *château*. Estoy de vacaciones en Cannes y se me ocurrió venir a verlo en persona.

Una mente rápida. Al menos tenía que concederle eso; y que era mucho mejor que los activistas medioambientales que no dejaban de poner piquetes en sus solares en construcción y protestaban a las puertas de sus oficinas de Londres y Roma.

–Entiendo –dijo él mientras trataba de ahogar una sonrisa.

La caza de los manifestantes era uno de sus deportes favoritos, y esa vez había un atractivo añadido, teniendo en cuanta la belleza sin precedente de la presa. El deseo de seguirle la corriente, de continuar con su charada, le pareció irresistible.

–Bueno, me alegra mucho que lo hayas hecho Felicity –avanzó un paso hacia ella, percibiendo una sombra de inquietud en sus grandes ojos–. Me alegro muchísimo. Como habrás comprobado, su colega de la mucho menos eficiente oficina de Niza no se ha presentado y, debido a desagradables... acontecimientos, me gustaría mucho poder aclarar este asunto hoy mismo.

–¿Acontecimientos?

Suspiró.

–Me refiero a nuestro pequeño grupo de campistas del bosquecillo. Los he visto cuando subía por el camino, y cuanto antes estén las escrituras de esta propiedad a mi nombre, antes podré despedirlos para que empleen su tiempo en algo mejor. Detesto ver jóvenes idealistas perdiendo el tiempo por una causa perdida.

Anna apretó los puños con rabia, y él avanzó hacia ella sin dejar de mirarla a los ojos.

–Entonces es tu día de suerte, Felicity. Como tú me vas a enseñar la propiedad, serás quien te lleves la comisión de la venta.

Anna se quedó pálida. Le horrorizaba la idea de enseñarle su querido *château* al hombre que quería quedárselo.

–Supongo que eso no te importará, ¿verdad? –él seguía mirándola con sus ojos fríos–. Al fin y al cabo eres una empleada de la agencia que se supone que va a venderme esta propiedad.

–Sí, claro; como he dicho, yo...

–Bien. Y como has dicho que eres quien llevas la venta de esta propiedad desde la oficina de Londres, la conocerás bien.

–Sí –respondió ella con serenidad pasmosa.

–Entonces no perdamos más tiempo –él esbozó una sonrisa que iluminó toda su expresión–. He quedado con el maestro de obras aquí la próxima semana, así que ya ves que no tengo tiempo que perder.

–¿No le parece un tanto presuntuoso por su parte? Hasta que no esté firmado el contrato, no hay nada seguro.

–De presuntuoso nada; sencillamente realista. Siempre consigo lo que quiero. ¿Bueno, y me vas a enseñar la casa, o llamo a Niza para que me envíen a otra persona?

Ella esbozó la más dulce de sus sonrisas.

–¿Por dónde le gustaría empezar?

Él bajó la vista un momento. Su respuesta, le provocó un nudo en el estómago.

–¿Qué tal si empezamos por el dormitorio principal?

Estaba esperando en el descansillo, a la puerta del antiguo dormitorio de su abuela, fastidiada por haber reaccionado con tanta emotividad como respuesta a su patente coqueteo.

¿Cómo podía haber contado una mentira tan ridícula? Fliss la mataría cuando se enterara de que había «tomado prestada» su identidad. Si Emiliani se quejaba a su jefa, Fliss estaría metida en un buen lío por su culpa.

Sólo tendría que ser muy agradable con el asqueroso del *signor* Emiliani para no darle motivos de queja. Claro que eso no iba a ser fácil. ¿Cómo podía haber quedado ya con los contratistas en tan sólo unos días para destrozar su querido *château* cuando la venta no estaba en absoluto asegurada? Sólo de pensarlo le hervía la sangre.

Gracias al cielo por Green Planet; porque aquello aún no había terminado.

Se dio la vuelta. Por el vano de la puerta abierta lo vio de pie delante de la ventana, de espaldas a ella, sin duda pensando en las reformas del jardín. Sin querer se fijó en su pelo rubio despeinado, con las puntas que se rizaban en el cuello de su americana de lino oscuro, y también en sus dedos largos y morenos que tenía apoyados sobre el alféizar de la ventana. Incluso de espaldas a ella su figura esbelta y elegante destilaba arrogancia.

Siempre consigo lo que quiero. Se lo había dejado muy claro.

Cuando se dio la vuelta, Anna experimentó un instante muy especial, un desconcierto ante la belleza juvenil de su rostro.

No podía ser mucho mayor que ella, y sin embargo parecía tan experto, tan duro y tan frío como cualquier hombre que le doblara la edad. ¿Qué experiencias habría pasado para volverse así?

–¿Y bien?

–¿Y bien qué? –tartamudeó ella mientras salía de su ensimismamiento, consciente de que se había quedado mirándolo como una boba.

Él se apoyó sobre el alféizar de la ventana y se cruzó de brazos.

–Vamos, Felicity, lo puedes hacer mejor. Ésta es la parte en la que se supone que debes hablar de la situación, de los metros cuadrados y de la seguridad. Eres un agente inmobiliario, ¿recuerdas? –le dijo con humor, en tono de ligero reproche.

Anna apretó los dientes porque se daba cuenta de que él le estaba tomando el pelo.

–Por supuesto. Y usted es un conocido promotor urbanístico, *signor* –respondió, tratando de mantener la calma–. No me atrevería a decirle nada sobre este edificio o ningún otro, ya que de los dos usted es el experto.

–¿No lo haría o no podría hacerlo? –le preguntó en tono suave.

Anna se estremeció.

Él era totalmente consciente del efecto que causaba en ella, y se notaba que disfrutaba con ello. Por amor propio y por la reputación profesional de Fliss, tenía que hacerlo mejor.

–¿Qué quiere saber? –se puso derecha y avanzó despacio hacia él–. Como estoy segura de que se habrá dado cuenta usted mismo –empezó a decir con el acento habitual de la gente fina–, el Château Belle Eden es un perfecto ejemplo de arquitectura anglonormanda del siglo XIX, situado en un terreno de cinco acres de uno de los reductos más codiciados del mundo.

–Impresionante.

–Ésa era mi intención –se acercó a la ventana y se quedó junto a él–. Fue construido en 1897 para el dueño de uno de los almacenes más selectos de París y no se escatimó en su construcción ni en su mobiliario. Las paredes estaban cubiertas de seda de...

–No me refería a la propiedad.

–¿Cómo dice?

–Me refería a lo mucho que sabes del Château Belle Eden.

–Ya le he dicho que soy responsable de la venta de esta propiedad en la sucursal de Londres –respondió en tono brusco mientras fijaba la vista en los acantilados que empezaban a verse al final del camino entre los pinos–. Como le iba diciendo, éste es uno de los lugares más especiales del mundo. Cannes está a tan sólo tres kilómetros, el *château* tiene su playa privada, a la que se accede cruzando el pinar que puede observar a su izquierda...

–Ah, sí...

Se volvió a mirar por la ventana hacia donde ella le indicaba, donde las tiendas de Green Planet y las cuerdas con ropa colgada eran apenas visibles entre los pinos. Entrecerró los ojos con gesto amenazador.

–¿Tiene la intención de que el *château* siga siendo una residencia privada?

Él se volvió hacia ella con una sonrisa burlona en los labios.

–No. Pensaba en convertirlo en un albergue juvenil. Y tal vez establecer un camping en el bosque para hippies y trotamundos. De ese modo tal vez podría continuar con mis otros proyectos sin tenerlos continuamente detrás de mí.

Angelo notó que ella ni siquiera se inmutó, que ni un rastro de emoción se reflejó en sus ojos rasgados y observadores.

–Ha sido una pregunta lógica, *signor*.

–Estoy seguro de ello. Pero si te parezco lo suficientemente estúpido como para contarte lo que voy a hacer con el edificio, está claro que no sabes quién soy yo.

Ella lo miró fijamente.

–¿Ha terminado ya?

Allí estaba otra vez aquel leve soniquete de desafío; tan leve que otro ni siquiera lo habría notado. Pero Angelo Emiliani no había salido de un orfelinato en Milán para ocupar su lugar en las listas internacionales de ricos porque se comportaba como los demás. El instinto era su especialidad.

–De momento, sí.

–Bien. Sígame –dijo ella.

–Es un placer.

Y desde luego que lo era, se decía Angelo mientras observaba el vestido mini negro y sus muslos delgados y morenos mientras pasaban de una habitación a otra, abriendo puertas en una interminable sucesión de enormes habitaciones vacías.

El hecho de que ella le estuviera mintiendo no le molestaba en absoluto; que lo hiciera con tanto convencimiento le molestaba un poco. Los ecologistas habían sido una fuente constante de molestias e irrupciones en su negocio, pero hasta entonces no les había contemplado como una seria amenaza a sus planes. Pero esa chica sabía más de aquella propiedad de lo que por lógica podría saber uno de esos hippies ecologistas.

En ningún momento pensó que podría haberse equivocado con ella.

–Ésta es una habitación un poco más pequeña que las demás, pero las vistas al mar compensan con creces sus pequeñas proporciones... –dijo ella antes de abrir la puerta.

Al entrar en la habitación, Angelo pudo comprobar que era cierto.

Sintió un escalofrío sólo de pensar que el grupo al que ella pertenecía pudiera tal vez tener algún benefactor rico que planeara hacer una contraoferta para el *château*. No era una idea tan ridícula. Había bastantes famosos o medio famosos de Hollywood que estarían encantados de invertir unos millones de dólares en una obra benéfica para el medio ambiente; sobre todo si ello significaba adquirir una joya como ésa a la vez que sentían que aportaban su granito de arena para salvar el planeta. Con la excepción de la obra benéfica, esa idea no difería mucho de lo que él planeaba hacer con ello. Y la idea de que un grupo de ecologistas en pos de salvar el planeta echara por tierra sus planes le resultaba impensable.

Anteriormente había comprado propiedades por aburrimiento, por desafío o simplemente para fastidiar a la gente que intentaba impedírselo. Pero esa finca era distinta. Él no tenía la costumbre de analizar lo que sentía, en el fondo su propósito en la vida era estar siempre lo suficientemente ocupado como para no tener que analizar nada; pero estaba dispuesto a reconocer lo que significaba ese proyecto para él. Por los viejos tiempos.

Por Lucía.

—Y como tiene vistas al sur, eso significa que la luz es particularmente bonita aquí.

Había cierta nostalgia en su tono que lo devolvió al presente. Angelo se metió las manos en los bolsillos y aspiró hondo antes de volver a mirarla. Ella estaba junto a la ventana, mirando hacia las copas de los árboles que enmarcaban un arco brillante de mar. Y tenía razón en cuanto a lo de la luz, se decía con cierto fastidio. El sol del atardecer iluminaba la cara de la joven, destacando su perfil dorado y unos labios carnosos y suaves.

—Me has sido de gran ayuda, Felicity. De verdad, agradezco que me estés enseñando la casa.

Ella levantó la vista y pestañeó, claramente sorprendida por su tono suave. Al ver que avanzaba hacia ella, Anna se estremeció ligeramente, sin embargo, el desafío aún brillaba en sus ojos.

Esa combinación de vulnerabilidad y valentía le produjo una extraña sensación en la boca del estómago, que Angelo identificó como deseo y como algo más complejo.

—No es nada. No debería haber estado aquí, en realidad...

Se detuvo a medio metro de ella.

—Me alegro mucho de que hayas estado. Le diré a tu jefe lo mucho que me ha impresionado tu dedicación profesional.

Eso la impresionó. Él trató de disimular el brillo triunfal al notar que ella se ruborizaba.

—Por favor, no. Seguramente no debería haber...

La habitación estaba bañada de un tono albaricoque

que trasformaba la tonalidad rosa de su pelo en cobre brillante.

–De acuerdo, pero déjeme compensarla de otra manera. Dijo que se hospedaba en Cannes; por favor, deje que la invite a cenar esta noche.

–No puedo –respondió ella apresuradamente–. He quedado con una amiga –miró su reloj–. En realidad, ya llego tarde.

Él asintió; su negativa no le pilló de sorpresa.

Anna se dirigía hacia la puerta, y echó una mirada a su alrededor antes de salir al descansillo.

–¿Dónde te hospedas? –le preguntó Angelo cuando bajaban las escaleras–. Puedo llevarte.

Sonrió levemente y se preguntó cómo saldría ella de ésa.

–Gracias. Estoy en el Hotel Paradis, si le pilla de camino –dijo ella con naturalidad.

Angelo la observó mientras cerraba la puerta de la casa con desconcierto.

Estaba acostumbrado a tener respuestas para todo, a llevar ventaja. Pero tenía que reconocer que en ese momento la chica le tenía en la ignorancia.

Capítulo 2

BONITO coche.

Anna se esforzó en ocultar su desprecio tras una sonrisa de admiración mientras observaba el interior de cuero del coche deportivo.

—Siempre me ha parecido que los coches dicen mucho de su dueño...

Aquél le decía a gritos que pertenecía a un hombre forrado de dinero y obsesionado con su masculinidad, pensaba con cierta satisfacción. Tal vez Angelo Emiliani no fuera tan estupendo como quería dar a entender.

—¿De verdad? —le dijo él con frialdad mientras manejaba el volante con una sola mano por la carretera estrecha y llena de curvas.

Anna cerró los ojos y desvió la mirada del cuentakilómetros.

—Entonces habrás llegado a la conclusión de que soy un misógino inseguro con más dinero que gusto, ¿verdad?

Ella se ruborizó por la precisión de su respuesta.

—Bueno, siento estropear tu teoría, pero el coche es sólo alquilado. Sencillamente pedí el modelo más rápido que tuvieran disponible; lo cual te dirá que soy muy impaciente y que quiero hacer todo en el menor tiempo posible.

—¿En tal caso, no tendría más sentido tener un chófer? Le ayudaría a perder menos tiempo.

—Sí, pero mi impaciencia es casi tan grande como mi

deseo de controlar –esbozó una sonrisa irónica que le dio a entender que había percibido su sarcasmo–. Tengo un chófer, por supuesto; pero cada vez que me es posible prefiero conducir yo. ¿Y tú, qué coche tienes?

–No conduzco. Los coches son...

Había estado a punto de soltarle el sermón de Green Planet sobre las maldades de la combustión de los motores en el planeta, pero consiguió controlarse a tiempo.

–...una molestia en el centro de Londres, donde yo vivo –terminó de decir ella–. Tomo el metro para ir a todas partes.

Al entrar en Cannes el tráfico se volvió más denso, pero Angelo sorteó sin esfuerzo los vehículos de camino al hotel. Se preguntó qué haría ella cuando llegaran allí; suponía que esperaría a que él se marchara para hacer autoestop y volver al camping. Era imposible que estuviera hospedada en el Paradis.

–Creo que no he pillado tu nombre completo –dijo él con naturalidad, para no ponerla sobre aviso.

–Hanson Brooks.

–Felicity Hanson Brooks –repitió Angelo imitando el tono ligeramente cortante de clase alta con una mueca de los labios–. Es un nombre muy curioso.

Aquel acento que hablaba de privilegios sin esfuerzo le ponía los dientes largos.

Ella lo miró y se encogió de hombros. ¿A la defensiva, tal vez?

Por el rabillo del ojo le vio que estiraba sus largas piernas y se movía un poco en el asiento con gracia felina.

Angelo Emiliani se había acostado con muchas mujeres, desde camareras a condesas. La novedad, que era lo que lo animaba en su trabajo, era algo que ya no esperaba experimentar en el dormitorio.

Pero jamás se había acostado con una ecologista activista

Se preguntó vagamente qué escondería el sencillo vestido negro. Ella poseía una naturalidad, un aire primitivo que le atraía. Se había cansado de que cada vez que desnudaba a una mujer el resultado fuera una Barbie, perfecta y artificial. Esa chica parecía distinta, emocionante, ajena a toda aquella esterilidad que él había conocido con las demás. Aspiró hondo, saboreando la emoción de sus pensamientos; y de pronto fue consciente de su olor.

Olía a chocolate negro, a café, a humo: una mezcla intensa, exótica y deliciosa.

Benedetto Gesù. Precisamente lo que le atraía de ella era lo que le hacía también desconfiar.

Accedió a la glorieta de entrada del hotel demasiado deprisa y tuvo que dar un frenazo; por un instante, ninguno de los dos se movió, y el reducido espacio en el interior del vehículo parecía de pronto cargado de tensión.

Ella lo miró con timidez; tenía las mejillas sonrosadas. Rápidamente tanteó la puerta para abrirla, tratando al mismo tiempo de sonreír con naturalidad; pero su intento quedó frustrado al no dar con el asa de la puerta.

Cuando él se echó hacia delante para abrirle la puerta, ella se retiró un poco para que él no la rozara. Anna abrió la puerta y salió rápidamente del coche.

–Gracias por traerme, señor Emiliani.

Cosa rara, Angelo no supo qué responder. Mientras ella subía corriendo las escaleras del hotel, se dijo que debería seguirla. Pero después de la reacción de ella, no parecía muy recomendable. Pegó un puñetazo sobre el volante, se levantó del asiento bajo del deportivo y se apoyó sobre el techo del coche, observándola todo el tiempo.

Al final de las escaleras ella se detuvo y se volvió a mirar hacia las mesas y sillas de metal de la modernísima terraza del bar del hotel que daba a la playa, llena de gente rica y guapa. Angelo entrecerró los ojos cuando vio que ella agitaba la mano frenéticamente en dirección a la terraza antes de entrar corriendo en el hotel. Se puso derecho y buscó con la mirada a la persona a la que ella pudiera haber saludado. Pero entre la multitud de clientes vestidos de diseño, era imposible distinguir a nadie en particular.

Y eso, pensaba Angelo con rabia mientras le lanzaba las llaves del coche a un portero uniformado, era exactamente lo que ella había calculado. Todo formaba parte de la treta que había ideado para persuadirle de que ella era una auténtica chica inglesa de clase alta que estaba de vacaciones en la Costa Azul con una amiga parecida a ella.

No tenía intención alguna de permitir que se saliera con la suya.

La recepcionista rubia aleteó las pestañas cuando él pidió el número de habitación de Felicity Hanson Brook.

–Bueno, *monsieur*, en realidad no debemos...

–Por favor. Me dijo el número anoche y quedé en venir a recogerla, pero lo he olvidado –esbozó una de sus sonrisas más encantadoras y observó cómo se derretía–. No puedo darle plantón.

La joven se ruborizó y le dio el número; y Angelo le echó una sonrisa que le quitaría el sueño durante varias semanas.

Angelo se sentó en un sofá estilo Luis XVI bajo una horrorosa palmera dorada, y sacó su teléfono con aire pensativo. Ése no había sido el resultado esperado. Miró el reloj y vio que era demasiado tarde para hablar con cualquiera de sus contactos de la oficina de Arundel Ducasse de Londres. Sin embargo, todo aquello le daba mala espina.

¿Le habría fallado totalmente el instinto con aquella chica?

Con dinamismo y determinación marcó el número de su asistente personal y le pidió que le dijera a su chófer que le llevara el esmoquin al Paradise. No iba marcharse esa noche sin algunas respuestas; mientras tanto, tenía que cerrar un trato.

–De acuerdo, tienes precisamente treinta segundos para darme una explicación.

Anna se inclinó hacia delante y abrazó brevemente a Fliss antes de sentarse en una de las modernas sillas de aluminio y de dar un sorbo de la bebida que ya le habían servido.

–¿Explicar el qué? –preguntó en tono inocente.

Fliss se recostó en el asiento y golpeó repetidamente en el suelo con la punta del pie, intentando aparentar enfado, pero le brillaban los ojos de emoción.

–Déjame pensar... ¿Quién inventó la celulitis? ¿Por qué los hombres no saben comprar? ¿O qué tal si me dices por qué has aparecido cuarenta minutos tarde en compañía de un tipo guapísimo?

–Mmm –Anna hizo una mueca de pesar–. Ese «tipo guapísimo» es un despiadado promotor inmobiliario.

–¿Ése era Angelo Emiliani?

Fliss paseó la mirada por la terraza, deseosa de verlo de nuevo.

–Ahora entiendo por qué las chicas de nuestra oficina lo llaman el Príncipe de Hielo y se pelean por atender sus llamadas. Es un hombre impresionante.

Anna disimuló su interés y se fijó en el horizonte, donde el sol teñía la superficie del mar del mismo color que su pelo.

–Entonces los rumores eran ciertos –musitó Fliss con emoción–. Él es el misterioso comprador del *château*.

–Exacto –soltó Anna–. Él es el posible misterioso

comprador del *château*. Aún no se han firmado los papeles.

Fliss la miró con vehemencia.

–Pero se firmarán en cuanto haga una oferta formal, ¿no? Quiero decir, la idea es que tú y tu padre necesitáis el dinero de la venta, ¿verdad?

Anna estaba fastidiada.

–Pues claro. Pero no quiero que el Château Belle Eden caiga en manos de alguien que vaya a destrozarlo y a convertirlo en una horrible demostración de arquitectura moderna.

Fliss la miraba con interés.

–¿Y tú padre, qué dice al respecto?

–¿Qué le importa a mi padre? Hace años que no pasa por allí. Le daría lo mismo si Emiliani quisiera pintarlo de morado y lo convirtiera en un antro de vicio y de lujuria. Pero afortunadamente para mí, según las leyes francesas, la mitad es mío y, por mucho que diga él, la venta no se podrá llevar a cabo hasta que yo no firme los papeles.

–Exacto –dijo Fliss con decisión–. Iré contigo si quieres. Y puedes presentarme al delicioso señor Emiliani.

Anna se puso pálida sólo de pensarlo. Que Angelo supiera, él ya había conocido a Felicity Hanson Brooks; pero ése no era el mejor momento para confesárselo a su amiga. Sobre todo con la cara que le estaba poniendo Fliss.

–Los vas a firmar, ¿no, Anna?

Anna paseó la mirada por la atestada terraza. El ruido de las animadas conversaciones quedaba acompañado del ritmo leve pero insistente de la música que empezaba a salir de los clubes nocturnos. Nerviosa e inquieta, Anna sintió su pulso febril corriéndole por las venas.

–Con el tiempo. Tanto yo como los demás miembros de Green Planet queremos intentar averiguar los planes de Emiliani antes de que se complete la venta. Gavin, uno de los tipos de Green Planet, ha oído algo relacionado con una compañía farmacéutica, y aparentemente Emiliani quiere talar buena parte del pinar para construir un helipuerto, lo cual, por supuesto, nos preocupa mucho. Si ése fuera el caso...

Fliss sacudió su lustrosa melena.

—No podrás detenerlo. Ese tipo tiene fama de salirse siempre con la suya. Se dedica a eso. Y la verdad, Anna, es que hace cosas preciosas. Trasformará Belle Eden en un lugar maravilloso.

Al ver la cara de Anna se dio cuenta de que había metido la pata.

—Está maravilloso tal y como está ahora —soltó Anna—. Él lo echará a perder; echará a perder el medio ambiente...

—Anna, no se trata de eso, ¿verdad? Sé que abandonar el ballet ha dejado un gran vacío en tu vida, y a nadie le extraña que quieras llenar ese vacío... ¿Pero todo esto del ecologismo? ¿Estás segura de que te importa lo suficiente como para enfrentarte a alguien como Angelo Emiliani?

Anna apoyó los codos sobre la mesa y se sujetó la cabeza entre las manos. De pronto estaba agotada. Le volvió la imagen de Angelo Emiliani de pie junto a la ventana del cuarto de su abuela: alto, fuerte y tan seguro de sí mismo y de su poder.

Esa confianza en sí mismo le daba miedo a la vez que le atraía.

Fliss le tocó suavemente en el brazo.

—¿Estás segura de que no es para llenar ese vacío y tal vez para devolverle la pelota a tu padre?

Anna se incorporó bruscamente en el asiento y se soltó el pelo con brusquedad.

—Ay, Dios mío, Fliss. Puede ser. No lo sé, de verdad

que no lo sé. Aún estoy tan furiosa con él por no haber sido sincero conmigo todos estos años. Y con mamá. Pero eso es peor aún, porque ella ya no está aquí, y yo no dejo de echarla de menos. Por eso no puedo deshacerme del *château* tan fácilmente. Es mi último... vínculo con ella. El *château* lo era todo para mi madre, era parte de ella...

–Creo que estás equivocada. No es más que una casa, Anna. Ella entendería por qué tienes que venderla. Eres *tú* quien lo era todo para ella, quien era parte de ella.

Anna se puso de pie, estaba muy tensa, y Fliss se sorprendió al ver la intensidad del dolor en su mirada.

–Ah, pero lo que pasa es eso, que no lo fui, ¿verdad? –se echó el bolso al hombro y miró a Fliss con una sonrisa superficial en los labios–. Bueno, será mejor que vayas a arreglarte para la horrorosa fiesta de Saskia.

–¿Por qué no vienes? –Fliss se levantó también, visiblemente preocupada–. Ya sé que la odias, Anna, pero con la cantidad de personas que habrá invitado, seguramente ni la verás. La fiesta se celebra en el club nocturno de los bajos del hotel.

Anna sonrió con pesar mientras se abría camino entre la gente de vuelta al vestíbulo.

–Los chicos de Green Planet van a celebrar más tarde una fiesta en la playa. Creo que encajo mejor allí, ¿no te parece?

–¿A quién le importa? Puedes encajar donde quieras, Anna. Deja de preocuparte de quién seas o lo que seas y relájate.

Fliss tuvo que apresurarse para no perder el paso, pero eso sólo significaba que hablaba en tono más alto y que su voz exasperada se elevaba por encima de la cháchara general. Anna apretó los dientes y el paso.

Se detuvo en el vestíbulo, junto a una palmera decorativa mientras esperaba a que Fliss la alcanzara; en ese momento una voz a sus espaldas le llamó la atención.

Al reconocer la voz suave con leve acento italiano se le encogió el estómago.

No tuvo que mirar a su alrededor para saber dónde estaba. Lo averiguó al ver hacia dónde miraban todas las mujeres que había en el vestíbulo del hotel. Aun así, no se pudo resistir y también ella se volvió a mirarlo.

Estaba apoyado sobre una de las palmeras decorativas, con el teléfono móvil pegado a la oreja, los hombros ligeramente caídos y la cabeza gacha. Tenía un aspecto lánguido, ajeno al bullicio del ajetreado hotel.

Ella se escondió rápidamente detrás de su palmera, deseando que se la tragara la tierra. Si se movía en ese momento, él la vería; entonces averiguaría que su historia del hotel era una gran mentira. Estaba segura de que se enteraría tarde o temprano, pero aún no quería darle esa satisfacción.

En ese momento apareció Fliss dispuesta a regañarla, cuando Anna se llevó el dedo a los labios.

—Escucha, iré a la fiesta —susurró con urgencia mientras Fliss la miraba confusa—. ¿Puedes dejarme algo?

Fliss asintió.

—Estupendo. Gracias, Fliss. Ahora, vamos a cruzar rápidamente el vestíbulo hasta los ascensores *sin darnos la vuelta*. ¿Entiendes?

Fliss asintió, pero la miraba como si Anna estuviera loca.

—¿Por qué?

—Luego te lo cuento. Vamos.

Despacio, con admirable serenidad, pasó delante de él con la vista al frente. Fliss, sin embargo, mucho menos disciplinada, se puso a mirar en cuanto entró en el ascensor.

–Era él, ¿verdad? Angelo Emiliani, ¿no? Es guapísimo. Me pregunto si se hospeda aquí –se echó a reír–. No sé si podré enterarme del número de su habitación.

Pero Anna no la escuchaba. Estaba demasiado ocupada pensando en las dos palabras que acababa de oírle decir a Angelo Emiliani. Unas palabras que demostraban que tal vez los de Green Planet no anduvieran tan desencaminados con él.

Grafton Tarrant.

Era el nombre de una de las mayores compañías farmacéuticas en todo el mundo.

Capítulo 3

¿MEJOR? –le preguntó Fliss con una sonrisa cuando Anna salió del cuarto de baño de la habitación envuelta en una toalla.

–Mucho mejor. Las instalaciones del pinar de Belle Eden no son precisamente de cinco estrellas –respondió Anna con dinamismo mientras se secaba el pelo con la toalla–. Me he pasado toda la semana soñando con baños calientes y aceites perfumados.

Fliss abrió el minibar y sacó un par de botellas pequeñas de Chablis.

–Me alegro tanto que hayas decidido venirte esta noche –le pasó una botella a Anna y alzó la suya en señal de brindis–. Por Angelo Emiliani, y por lo que haya hecho para que cambiaras de opinión –agarró un albornoz y un libro y se dirigió al baño–. Usa todo lo que quieras: ropa, maquillaje... lo que te apetezca. Aunque tengo en mente un vestido para ti. Lo compré porque es tan precioso que no podía dejarlo en la tienda, pero la verdad es que me hace los pechos como dos globos. Pero a ti te quedará sensacional.

Fliss le tiró un beso y desapareció tras la puerta del baño.

Una vez sola, Anna se sentó en la enorme cama de matrimonio y pensó en lo que Fliss acababa de decir: *por Angelo Emiliani y por lo que haya hecho para que cambiaras de opinión.*

Pero ése era el problema. No había tenido necesidad de hacer nada. Tan sólo su presencia en el vestíbulo había sido suficiente, y tenía que reconocer que incluso su ausencia se notaba. Se tiró en la cama y se dejó llevar por los pensamientos que se le habían pasado por la cabeza durante todo el día. Su cuerpo, aún caliente y húmedo del baño, latía con sensaciones prohibidas. Deslizó los dedos temblorosos por su vientre e imaginó sus caricias...

Unos suaves golpes a la puerta interrumpieron su fantasía.

Anna retiró la mano rápidamente, pegó un brinco y cruzó la habitación.

Sin aliento, consciente de su rubor, abrió la puerta.

—¿Sí? ¡Ay! ¡Usted!

Él estaba apoyado en el quicio de la puerta con toda naturalidad. Sonreía, pero en su mirada había un brillo misterioso que le hizo retroceder impulsivamente.

—¿Quién es? —preguntó Fliss desde el cuarto de baño.

—No te preocupes —respondió ella—. Ya me ocupo yo.

Él no hizo intención de moverse; tan sólo arqueó una ceja.

—¿Interrumpo algo?

¡Para empezar su serenidad y el respeto que se tenía a sí misma!

—No. ¿Qué quiere?

—Bueno. Hay distintas respuestas a esa pregunta —respondió él—. La más educada sería «invitarla a cenar».

—No puedo. Se lo he dicho. Voy a salir. ¿Cómo me ha encontrado?

—He pedido el número de tu habitación en recepción.

A Anna se le encogió el corazón. Oh, Dios mío. Tenía que explicarle muchas cosas a Fliss. O a él.

Pero él ya avanzaba por el pasillo; entonces se dio la vuelta, se encogió de hombros y sonrió.

–Bueno. Ha merecido la pena intentarlo otra vez.

Anna quería pedirle que no se marchara; porque de pronto sintió unas ganas tremendas de ir detrás de él.

Angelo Emiliani no se dio la vuelta. Cuando dio la vuelta a la esquina, Anna cerró la puerta y se quedó allí apoyada.

¿Si él siempre conseguía todo lo que quería, por qué no le había insistido?, pensaba ella con desesperación.

Anna gimió de frustración. Sin duda sería porque ella no le atraía lo suficiente.

–Menos mal que hace mucho tiempo que somos amigas –dijo Fliss–, porque si no te odiaría. Sabía que a ti te quedaría de maravilla.

Anna acarició la seda gris perla del vestido. Se había dejado mimar y vestir sin decir ni pío; pero no había dejado de pensar en Angelo desde que había llamado a la puerta de la habitación; ni de preguntarse qué habría pasado si hubiera aceptado su invitación.

Volvió a la realidad con una sonrisa desdibujada en los labios.

–Es un vestido precioso; gracias, Fliss. Intentaré no pensar en los miles de gusanos de seda que han muerto para que pudiera fabricarse.

–Me alegro, porque mírate, Anna.

Anna se miró en el espejo de cuerpo entero y vio el reflejo de una sofisticada chica de sociedad. El vestido era corto y de vuelo, y recatado a la vez que muy sensual.

¿Cómo podía verse tan elegante, tan discreta, cuando por dentro estaba ardiendo?

Suspiró despacio, preguntándose en qué momento se calmarían sus revolucionadas hormonas.

Su cabello, recién limpio y alisado, le caía sobre los hombros como una cascada de seda.

–¡Quítate eso, Anna! –exclamó Fliss cuando Anna se levantó el vestido y vio que aún llevaba el culotte vaquero–. Le quitan elegancia al vestido.

–No se ven. Y a lo mejor después me voy a acercar a la fiesta en la playa, y allí no puedo ponerme este vestido. Los chicos de Green Planet no me reconocerían si fuera así. ¡Pero si ni yo misma me reconozco!

–Estupendo, ésa era la idea.

Fliss abrió el ropero y sacó una caja de zapatos.

–Pruébate éstos.

Dentro de la caja había unas sencillas sandalias con una sola banda de circonitas delante. Anna las miró un momento y levantó la vista.

–No puedo ponérmelas, Fliss; son demasiado altas.

–Ah, vaya, entonces tenemos un problema. Ya sabes que yo no uso zapatos bajos.

Anna negó con la cabeza.

–El tobillo no aguanta tanto tacón. El cirujano que me operó me lo dejó bien claro. Pero gracias, de todos modos.

Las dos mujeres se miraron con tristeza; entonces Anna consiguió esbozar una sonrisa desdibujada.

–Bueno, tendré que ir descalza. Es la clase de estupidez que la gente esperaría de mí; y ya sabes que detesto decepcionar a los demás.

Cuando las puertas del ascensor se abrieron, el impacto de la fiesta las recibió. El ambiente nocturno vibraba con la calidez y el ritmo de la música, impregnado de sensualidad.

–¡Vamos! –grito Fliss mientras tiraba de ella hacia la multitud de cuerpos sudorosos que llenaban la pista–. ¡A bailar!

Un problema con los huesos del tobillo había puesto fin a la carrera profesional de Anna como bailarina, pero eso no le impedía bailar. La música estaba alta y tenía mucho ritmo. Sonrió a su amiga y trató de sentirse ligera y dejarse llevar por el ritmo.

Anna sintió como si él estuviera allí con ella; y cada vez que se levantaba la melena para refrescarse un poco, imaginaba que él la besaba allí. Cada movimiento que marcaba con las caderas al ritmo de la música era una ilusa fantasía...

–¡Anna! *¡Anna!*

Abrió los ojos, aturdida por el deseo. Fliss estaba delante de ella, sonriendo.

–Necesito tomar una copa.

Anna la siguió hasta la relativa tranquilidad del bar. De pronto, Fliss se paró en seco y maldijo entre dientes.

–Rápido –dijo en voz baja–. Date la vuelta.

Demasiado tarde. Una rubia con una melena platino por la cintura y un vestido mini también plateado se dirigía hacia ellas.

–¡Hola, Saskia! –dijo Fliss–. ¡Estás estupenda!

Saskia inclinó la cabeza.

–Pues me siento fatal. Desde que llegamos a Cannes no he descansado bien ni una noche; demasiadas fiestas. Pero tú estás maravillosa, querida –besó a Fliss con composura y luego miró a Anna con frialdad–. ¿Y esto qué es? ¿Roberto Cavalli?

–Nunca fuiste la más lista, Saskia, pero habría pensado que recordarías mi nombre después de pasar cinco años juntas en la misma clase –murmuró Anna.

–Me refiero al vestido –dijo la otra–. Es un Roberto Cavalli –añadió en aquel tono insinuante y taimado que Anna recordaba tan bien–. Qué amable por parte de Fliss prestártelo.

Anna alzó la barbilla.

–¿Cómo sabes que no es mío? –murmuró Anna.

Saskia se echó a reír.

–¿Un Cavalli? No está a tu alcance, Delafield. He oído que habéis tenido que abrir de nuevo Ifford Park este año para recibir a grupos de escolares. Una verdadera pena, la verdad.

Fliss vio que su amiga estaba a punto de echarse a llorar y salió en su defensa.

–¡Me encanta tu pelo, Saskia! Parece de lo más real.

Saskia se mostró presuntuosa.

–*Es* real. Aparentemente, sueco. Toca. El *Sunday Tribune* me lo pagó. He oído que te pidieron también que hicieras ese artículo, Anna. Qué pena que no te dedicaran más presupuesto. Claro que... –hizo una pausa mientras admiraba una de sus uñas pintadas de rosa– supongo que te sentirías bastante afortunada de poder hacerlo, ya que es un artículo sobre las hijas de la aristocracia.

Anna se puso pálida, y a su lado Fliss emitió un gemido de sorpresa.

–Bueno, debo irme. Hay muchísimos solteros interesantes con los que bailar y muy poco tiempo. Disfrutad de la fiesta, queridas –les echó una sonrisita de suficiencia y agitó la mano para marcharse; pero entonces se dio la vuelta–. ¿No cumples años pronto, Anna? Me parece recordar que era por la misma época que el mío.

–Sí.

–¿Vas a dar una fiesta este año? Si la haces, dímelo... Me encantaría ir.

–Ay, qué boba es. ¡Anna! ¡Espera!

Anna oyó la voz de Fliss entre el público, mientras se abría camino entre la gente, pero no aminoró el paso. Sabía que era una bobada permitir que los comentarios de Saskia le dolieran, pero como de costumbre, le habían dado donde más dolía.

Cruzó una puerta donde no había ningún cartel y se encontró en un pasillo tenuemente iluminado. Entonces se apoyó un momento sobre la pared cubierta de seda de damasco roja y cerró los ojos, tratando de no pensar en su dolor.

Momentos después apareció Fliss, con el rostro crispado de preocupación.

–Lo siento, Anna. Había olvidado lo venenosa que es; o los celos que te tiene.

–¿Celos? –Anna soltó una risotada amarga–. Lo dudo. Saskia sigue siendo una niña de papá, rica, mimada y consentida. ¿Por qué iba tenerme celos? Yo no soy nadie; nadie; y a ella le encanta recordármelo cada vez que nos vemos.

Fliss le tomó del brazo despacio.

–Vamos, no te preocupes. Vamos a tomarnos esa copa; será mejor que nos pongamos piripi a costa suya.

–No –Anna se retiró–. Preferiría beber cianuro. Y no pienso volver ahí, lo siento, Fliss. Me vuelvo directamente al *château*; aunque antes debería quitarme el vestido...

Fliss la miró y sacudió la cabeza.

–No hace falta. Quédatelo. Te sienta como si lo hubieran hecho para ti. ¿Estás segura de que estás bien?

–Totalmente.

Anna buscó con la mirada una salida. En el pasillo había varias puertas, y ella se dirigió a la más cercana.

–Vuelve a la fiesta, te llamaré pronto.

La habitación donde accedió estaba oscura y olía a humo de los puros y a colonia de hombre. El ambiente estaba cargado de emoción y peligro.

Se había metido en el casino.

Avanzó con resolución, empujada por la rabia y el deseo que latía en sus entrañas.

La música de la fiesta apenas se distinguía allí, donde todo eran susurros y conversaciones en voz baja. Sentados a las mesas, los hombres de esmoquin se miraban a través de nubes de humo de cigarrillo y hablaban sólo cuando era necesario. De pie detrás de ellos estaban las mujeres con sus vestidos de fiesta, planeando ya en qué gastarse el dinero que ganarían sus acompañantes, o tal vez rabiando cuando perdieran una mano. No había modo de saberlo, porque sus rostros maquillados eran máscaras que no delataban sus sentimientos.

Anna tomó una copa de champán de la bandeja que le acercó un camarero y pasó despacio delante de las mesas de blackjack. Hizo una pausa. Un crupier rastrillaba impasible, hábilmente, las fichas sobre el tapete esmeralda; y Anna observó fascinada a los hombres sentados alrededor de la mesa, y cómo iban moviendo las fichas de lugar con la misma rapidez.

El calorcillo del champán empezó a bajarle por el estómago, anestesiando el dolor del veneno de Saskia.

–¿Más apuestas?

Se produjo un momento de mucha actividad. A la luz de la lámpara de Tiffany que colgaba sobre la mesa, Anna percibió el sudor que perlaban la frente de los hombres en su afanoso movimiento de fichas sobre la mesa.

Se preguntó si el dinero que representaban las fichas de esa mesa sería suficiente para salvar el *château*.

De repente, sin saber por qué, empezó a inquietarse. Sintió un extraño cosquilleo en la parte de atrás del cuello, como si cada vello respondiera a un estímulo invisible. Entonces se dio la vuelta y lo vio a poco más de un metro de ella. La luz de la lámpara trasformaba su cabello rubio en un halo dorado. Tenía una mano en el bolsillo y la otra curvada sobre la esbelta cintura de una elegante rubia vestida de rojo. Se le veía relajado en aquel ambiente, y su aspecto era el de un ángel bello y amenazador. Los hombres elegantemente vestidos que había a su alrededor parecían meras sombras en presencia de su plante varonil, de su carismática sexualidad.

Percibió su respiración entrecortada, los latidos acelerados de su corazón y el calor abrasador del deseo corriéndole por las venas.

Entonces él levantó la cabeza.

Angelo apuró su copa de champán y trató de centrarse en el juego.

Era una de esas noches en las que la suerte le sonreía, y las fichas de su lado de la mesa se amontonaban con tanta rapidez que los demás jugadores empezaban a inquietarse. Pero él ya estaba aburrido.

Cuando ganar era tan fácil tenía que buscar la emoción en otro sitio.

Uno de los hombres se retiró de la mesa, y los demás continuaron jugando con cautela. Él también pensó en marcharse y dejarlos mientras aún les quedara algo; pero su desesperación lo empujaba a continuar jugando, a machacarse para sentir algo.

Cualquier cosa.

Cerró los ojos un instante, y al volver a abrirlos percibió de reojo un movimiento.

En el espacio que había dejado libre el hombre que se había marchado, una sombra se volvió hacia la mesa. La suave luz de las lámparas iluminó una silueta femenina, la curva de un hombro, de un pecho que bajo la tela del vestido parecía incitarlo a que lo acariciara.

Su perfume era muy sutil, pero él lo reconoció enseguida, instintivamente, como un animal tras su presa. O su pareja. Ese aroma oscuro despertó un hondo sentimiento en su sentido, disipando el perfume más fuerte de la rubia que estaba a su lado.

Angelo levantó la cabeza despacio.

Sus miradas se encontraron, atraídas por un fuerte magnetismo. Él la miró de arriba abajo, con expresión serena, asimilando su perfección, la elegancia de su vestido gris perla, su sedosa y brillante melena, intentando encontrar en ella algún rastro de la chica rebelde que él había conocido esa tarde.

Entonces se fijó en sus pies morenos, descalzos, y experimentó una sensación intensa en el pecho, como si le faltara el aire. Algo sorprendente.

Un murmullo de impaciencia recorrió la mesa, y vagamente percibió que los demás jugadores esperaban. El crupier vaciló.

–*Monsieur?*

–No. No quiero jugar más.

El crupier asintió respetuosamente, pero la rubia a su lado se tambaleó ligeramente, claramente decepcionada. Le daba lo mismo.

Estaba cansado de jugar, cansado de ganar. Quería vivir otro desafío.

Pero cuando levantó la cabeza, ella ya no estaba allí.

Capítulo 4

ANNA no dejó de correr hasta que no salió del hotel; en la glorieta, había una parada de taxis. En cinco segundos se había metido en uno de ellos.

–Château Belle Eden, *s'il vous plaît*. La playa. *La plage*.

El taxista la miró extrañado, seguramente preguntándose por qué una chica con un caro vestido de diseño querría ir a la playa a esas horas; pero a Anna le daba igual lo que pensara el taxista. Sólo quería alejarse lo más posible de Angelo Emiliani.

Se había dado cuenta de que él había estado a punto de apostar al verde, sin duda para pincharla, para darle a entender que la había reconocido y que sabía exactamente lo que planeaba.

Imaginó sus manos moviendo las fichas sobre la mesa; unas manos largas, de dedos esbeltos y bien formados; unas manos de piel suave y dorada a la luz de la lámpara; unas manos que manejaban grandes sumas de dinero sin inmutarse. ¿Qué otra cosas harían esas manos?

Gimió levemente, algo entre un quejido y un grito. Aquel deseo que no la abandonaba era algo totalmente nuevo para ella, un ardor que hacía vibrar cada tendón de su cuerpo con sexualidad. Notó que estaba temblando y trató de serenarse. Pero era imposible relajarse cuando todo su cuerpo protestaba al apartarse de Angelo Emiliani.

–¡Pare el coche! *Arret!*

–*Mademoiselle?* ¿Está bien? Casi hemos llegado a la playa. ¿Quiere que pare ahora?

Delante Anna vio la desviación de la carretera principal al camino privado que conducía a la playa de Belle Eden. Desesperada, se frotó los ojos.

–No, lo siento. Continúe hasta la playa, gracias.

El conductor se detuvo a la entrada del camino y la miró con preocupación.

–*Ici, mademoiselle?* ¿Estará bien a partir de ahora?

–Sí, gracias. Estoy en casa, ya.

Al salir del taxi aspiró hondo el aire cargado de salitre que trasportaba el ritmo de la música de la playa. Pagó al conductor rápidamente, de pronto desesperada por estar en compañía de sus amigos de Green Planet, de beberse unas cervezas y bailar un rato.

Corrió descalza por la arena hasta el borde del médano, desde donde se veía la fogata y la gente bailando al son de la música. Bajó corriendo hasta ellos, se metió el vestido por debajo del culotte vaquero y se revolvió un poco el pelo, que Fliss le había dejado como una tabla. La brisa suave y salada le acarició la piel, aumentando aquel deseo que se había apoderado de ella.

–¡Anna! ¡Has vuelto! Bonito vestido.

Esa noche, aparte de los activistas de Green Planet, se les habían unido algunos amigos.

Gavin, uno de los fundadores del grupo, se apartó un momento del grupo con quien estaba y se acercó a ella con una cerveza en la mano.

–¿Estás bien?

Ella asintió.

–Lo he conocido, Gavin.

Gavin pareció confuso un momento.

–¿A quién?

Anna estuvo a punto de echarse a reír. Resultaba

extraño que Gavin no supiera de quién hablaba, cuando ella no podía dejar de pensar en él.

—A Angelo Emiliani —dio un sorbo de cerveza—. A lo mejor tenías razón con lo de la relación con la compañía farmacéutica. Le oí mencionar el nombre de Grafton Tarrant por teléfono.

Gavin asintió pensativamente.

—Caramba... Por la mañana se lo contaré a un par de amigos de los defensores de los derechos de los animales. A lo mejor saben algo... —Gavin se volvió hacia un grupo que acababa de llegar, pero antes de dejarla la agarró del brazo un momento—. Fenomenal, Anna.

Anna cerró los ojos y aspiró hondo mientras se dejaba llevar por el ritmo de la música. Era más suave que la del club nocturno, pero no por ello menos rítmica. A su alrededor la gente bailaba, sola o acompañada, con los ojos cerrados y hablando en susurros.

Anna se dio cuenta con tristeza de que tampoco encajaba allí. Le había dicho a Fliss que su lugar estaba allí, pero mientras observaba aquellos rostros pacíficos y relajados a la luz de la fogata supo que no era cierto. Tal vez fueran todas aquellas palabras sobre el *karma* y el *chi*, pero esas personas poseían una paz interior que le faltaba a ella; y lo que hacían les apasionaba.

Anna pensó que ella tenía también una pasión; una pasión que jamás habría podido imaginar. La diferencia era que la suya no quedaría satisfecha salvando los nidos de los pájaros carpinteros.

Echó la cabeza para atrás y empezó a menear las caderas. Ella no encontraba paz en las drogas o en el alcohol, sino en la música.

Cuando bailaba se olvidaba de todo, y el pasado se desdibujaba ante la rítmica inmediatez del presente. Era lo más cerca que había estado nunca de ser sencillamente ella misma.

El vasto cielo se había teñido de un añil oscuro tachonado de estrellas. La arena bajo sus pies era suave, y a su alrededor el leve murmullo de las conversaciones se desvanecía mientras se dejaban llevar por el ritmo de la música.

Nadie notó que estaban siendo observados.

Angelo se bajó de su coche que conducía el chófer y se apoyó sobre el techo del vehículo.

Allí había más gente de la que había imaginado, sin embargo distinguió perfectamente a Felicity Hanson Brooks. Le habría resultado muy difícil ignorar su presencia, que parecía atraerlo como una fuerza invisible, mientras se meneaba al son de la música.

No le había fallado entonces el instinto. Ella no era más que una niña rica consentida que se hospedaba en una de los mejores habitaciones del Paradis y bajaba a la playa a jugar a ser ecologista entre evento social y evento social; y Angelo sonrió con una mezcla de triunfo y desdén.

Su dinero y su posición hacían de ella un adversario más peligroso, pero eso en parte le facilitaba la tarea; porque sería más sencillo someterla una vez que le había perdido el respeto.

Se agachó rápidamente, se quitó los zapatos y los tiró en el asiento trasero del coche. Después se quitó los calcetines y los dejó con la corbata de seda y la americana que se había quitado al meterse en el coche.

–¿Quiere que espere, señor? –preguntó el chófer en tono formal–. ¿Volverá esta noche al hotel?

Angelo lo consideró un momento.

–No. Pídele a Paulo que prepare el yate y lo lleve al final de la playa –miró el reloj y calculó–, dentro de media hora.

–¿Al final de la playa, señor?

–Sí. Allí abajo, donde el bosque se junta con el mar.

–Muy bien, señor.

Angelo cerró la puerta, se subió la pernera de los pantalones y echó a correr.

La música sonaba con fuerza, palpitante, maravillosa.

Anna se levantó el pelo para que la brisa le refrescara el cuello. Tenía calor y estaba cansada, pero no quería dejar de bailar. Mientras continuara moviéndose podría soportar el torrente de emociones que vibraba en su interior.

La melodía que siguió era lenta y sensual, y Anna se estremeció con frustración mientras deslizaba las manos por su cabello y arqueaba la espalda. De pronto unas manos se deslizaron por su cintura.

Anna se inclinó hacia atrás con los ojos cerrados, mientras imaginaba que eran las preciosas manos de Angelo Emiliani las que acariciaban su cintura, las que en ese momento se extendían sobre su vientre plano; y que era su fuerte pulgar el que acariciaba su carne trémula.

Una oleada de ardiente deseo la recorrió.

Con un gemido ronco trató de apartarse, pero aquellas manos se lo impidieron. Abrió los ojos y se encontró con los ojos brillantes que llevaban obsesionándole toda la tarde.

Qué alivio sintió al ver que él la había buscado y encontrado. Angelo Emiliani había recibido las señales desesperadas que le había enviado su cuerpo, y había respondido. No podía hacer nada salvo entregarse a ello, a su pasión.

El caliente deseo generado por la fricción de sus cuerpos al bailar, de sus manos acariciando sus costados, de su pecho rozando sus hombros... En ese momento ésa era su pasión, el deseo que le daba vida...

No podría decir cuánto tiempo pasaron bailando así, pero él se mostró por momentos posesivo y apasionado, y otros protector y sensual. Era todo lo que Anna había deseado, pero no era suficiente. Empezó a acariciarle el cuello, la base de la nuca, el pelo. Le encantaba acariciarlo, sentirlo, pero necesitaba más. Necesitaba verlo, saborearlo.

Movió las caderas con suavidad y se dio la vuelta para verlo; cuando sus miradas se encontraron, fue como estar mirando una fragua.

El calor de sus manos fuertes traspasó la fina tela de su vestido. Cuando Angelo bajó las manos y le tocó la tela más fuerte del culotte vaquero, se extrañó y la miró con curiosidad.

Muy despacio, sin apartar los ojos de él, Anna cruzó los brazos y se quitó el vestido por la cabeza. Entonces tiró la prenda a un lado y miró a Angelo con gesto desafiante.

Angelo la miró de arriba abajo. *Madre di Dio*, qué belleza de mujer, pensaba con desconsuelo mientras observaba sus pechos perfectos bajo la parte de arriba de un bikini blanco y su estómago plano donde brillaba un *piercing* de circonita.

Angelo sintió un fuego que le corría por las venas. La trasformación de niña pija a *grunge* rebelde y ecologista le encantaba. Le acarició entre los pechos hasta el estómago, rodeando el pendiente del ombligo.

La reacción física al roce de su piel fue instantánea y tremendamente fuerte.

El ritmo intenso y sensual de la música se hizo cada vez más presente. Angelo sintió cómo se estremecía con sus caricias, y la observó con interés cuando ella echó la cabeza para atrás. Tenía los ojos entrecerrados, la expresión sensual.

Todo había empezado como un cínico plan para averiguar lo que tramaba, pero Angelo sabía que ya no era el negocio lo que lo movía. Deslizó las manos por su cintura y la abrazó; entonces inclinó la cabeza y sus labios acariciaron su cuello.

Sintió placer; un placer puro y maravilloso, mientras deslizaba la punta de la lengua por su cuello, para después continuar deslizándola por su mandíbula antes de que sus bocas se encontraran en una expresión de pura avidez.

Angelo enterró los dedos entre sus cabellos y con suavidad le agarró la cabeza para poder besarla mejor. Se devoraron con desesperación, buscando, explorando y mordisqueándose hasta que Anna percibió el sabor acre de la sangre.

Se apartó de él jadeando, pero al ver el deseo reflejado en su hermoso rostro se acercó de nuevo a él. Esa vez sus cuerpos se unieron también, al ritmo de la música que los envolvía con su sonido hipnótico. Fue consciente de clavarle los dedos en sus hombros fuertes y musculosos, pero le faltaron las fuerzas para soltarlo.

Era como si las compuertas de sus sentimientos se hubieran abierto, dando paso a la soledad, a la rabia y al deseo que llevaba diez años frustrando. Siempre le había tenido miedo a la intimidad, entregarse a un hombre y ser rechazada; pero de pronto todos esos miedos quedaron arrastrados por la fuerza y la naturalidad de su apetencia.

Ya no le importaba quién fuera. Aquello era lo que sentía; y eso era lo más importante.

La música había cambiado, era más rítmica, y la gente empezó a separarse para ir a buscar algo de beber, mientras el hechizo sensual que los había sometido empezaba a disiparse. Angelo y Anna permanecieron ajenos a todo eso hasta que alguien empezó a aplaudir y los bajó de la nube.

–¡Oye, Anna! ¿Por qué no os vais a una habitación?

Anna abrió los ojos un poco aturdida. La cara de Angelo estaba muy cerca de la suya, y sus ojos brillaban a la luz de la fogata.

–¿*Anna?* –repitió él en tono irónico–. Creo que tenemos que hablar, ¿no? Despídete de tus amigos y vayámonos de aquí, cariño.

Él le agarró del brazo con firmeza, y Anna lo agradeció; porque de otro modo no habría estado segura de poder tenerse en pie.

El rítmico susurrar del mar se hacía cada vez más fuerte a medida que la oscuridad los envolvía y la música iba disminuyendo.

–Bueno, *Anna*, no me digas más... Ésa era una fiesta del personal de Arundel Ducasse, ¿verdad? ¿Un ejercicio de dinámica de grupo, quizás?

Ella se apartó un poco de él.

–No soy agente inmobiliario; me lo inventé. Pero no me arrepiento de quién soy.

Él dejó de caminar, se metió las manos en los bolsillos y la miró con cierto desdén.

–¿Y quién eres, Anna?

–Un miembro de Green Planet. Alguien que está dispuesto a luchar por sus ideales y a enfrentarse a lo que no le gusta.

Él suspiró profundamente y echó a andar de nuevo.

–Ay, qué aburrido. ¿Y qué tiene de malo que yo compre el Château Belle Eden, si puedo preguntar?

Los de Green Planet estaban ya lejos, y la arena ya no era suave sino firme y húmeda, señal de que estaban muy cerca del agua.

–¿Aparte de los daños que le vas a causar al medio ambiente cuando tales el pinar para construir una pista de aterrizaje?

–Veo que estás informada –se echó a reír en tono cínico–. No te preocupes, me ocuparé de acomodar a cada ardilla y cada pajarito que desplace de su vivienda.

–No seas loco –le soltó, sabiendo que no tenía nada que perder–. No nos gusta que los de Grafton Tarrant estén implicados en eso.

Anna se alegró al ver que sus palabras le habían sorprendido. Angelo dejó de caminar repentinamente, y Anna percibió su tensión a la luz blanquecina de la luna.

–Me interesas, Anna...

Ella vaciló una fracción de segundo.

–Field. Anna Field.

–Está claro que tienes una gran pasión por tu causa –su voz era como una caricia en el aire cálido de la noche–. Pero, Anna, Anna Field, creo que es justo decirte que por mi parte siento una gran pasión por este proyecto –Angelo dio un paso hacia ella–. Lo cual significa que uno de nosotros acabará sufriendo. Y... –levantó la mano y le acarició las mejillas–, creo que debo decirte que no acepto los fracasos.

«Oh, yo sí», se dijo Anna con rabia. Los fracasos eran viejos amigos suyos.

Se echó para atrás y perdió el equilibrio cuando se le hundió un pie en la arena. En ese momento una ola grande le mojó los pies, y Anna se sorprendió de lo fría que estaba el agua.

Angelo se adelantó y la sostuvo antes de que se cayera, y la levantó en brazos como si fuera un niño. En la oscuridad de la playa, la proximidad de Angelo dejó a Anna sin respiración y apartó de su mente todo pensamiento racional. El agua fría le había puesto la carne de gallina, pero él irradiaba calor y fuerza.

Irradiaba sensualidad.

Su cálida sonrisa le robó el corazón, además de todo poder de resistencia.

–Ya te tengo... –dijo él en tono sensual.

–Bájame...

Anna trató de soltarse, pero sus movimientos no hicieron sino incitarlo. Angelo bajó la cabeza y la silenció con un beso, y Anna se deleitó entre sus brazos, con su cuerpo fuerte pegado al suyo.

Debería sentir indignación, miedo, rabia; pero en lugar de eso se sentía mimada, y tan excitada que no era capaz de pensar a derechas.

Cuando él se paró de pronto, Anna abrió los ojos, un poco aturdida. Delante de ellos, junto a la orilla, había un yate. Cuando se acercaron para subir, un hombre se levantó para recibirlos.

–¿Pero qué...? ¿Qué estás...?

–Chist.

Sin esfuerzo, Angelo la levantó en brazos y le dio la vuelta para ocupar su puesto en el asiento a su lado.

–*Grazie*, Gianni.

Anna miró a su alrededor con pánico mientras el motor de la lancha arrancaba ruidosamente. El viento le despeinó la melena cuando la lancha dio la vuelta y aceleró, deslizándose por la superficie del agua como si volara y dejando la playa atrás en pocos segundos.

–¿Qué haces? ¿Adónde vamos? Yo no te he pedido que...

Él le puso un dedo sobre los labios, y cuando ella dejó de hablar, Angelo deslizó el mismo dedo por el canalillo que formaban los triángulos del bikini y la observó con mirada ardiente.

–Con tantas palabras no, *carissima*; pero no puedes negar que deseas esto tanto como yo.

–¿Cómo?

–Intimidad. No dudo que tus amigos sean todos muy abiertos y liberales, pero prefiero no tener público.

Anna gimió con fastidio.

–Estás muy seguro de ti mismo, ¿verdad?

Él le deslizó la palma de la mano debajo del bikini

y le acarició el pecho pausadamente; con exquisita suavidad le pasó el pulgar repetidamente por el pezón.

Anna no pudo dominar un gemido de placer.

—Sí —él sonrió con picardía—. Por una buena razón, diría yo.

Sus labios rozaron suavemente los labios de ella.

—Si quieres volver a la costa ahora, dímelo —le susurró él—. Gianni dará la vuelta. Pero... —le mordisqueó el lóbulo de la oreja— te aseguro que estás segura conmigo. Soy promotor inmobiliario, no un asesino en serie.

El pulso le latía con fuerza en los oídos, y también sentía un latido similar entre las piernas. Cerró los ojos, sacudió la cabeza y trató de pensar a derechas; pero arqueó la espalda y se perdió en las caricias de sus labios.

—No sé quién eres. No sé nada de ti... —gimió ella.

—Exactamente. Y eso es precisamente lo que deseo remediar. Dame la oportunidad de demostrarte que no soy el tipo vulgar que imaginas.

Él empezó a acariciarle los hombros con movimientos sensuales.

—¿Tesoro, quieres volver a la playa? —le susurró entonces, mientras le acariciaba la oreja con delicadeza.

—No.

Capítulo 5

PONTE cómoda. Tengo que ir a hablar con el capitán un momento, si me excusas.

–Por supuesto. ¿Dónde te espero?

Él le indicó una escalerilla.

–¿Por qué no vas a la cubierta superior? En un momento estoy contigo.

Así que ése era el hábitat natural de Angelo Emiliani, pensaba Anna al llegar al final de la escalera y ver aquel lugar tan precioso. La cubierta se extendía a ambos lados de donde estaba ella: a uno de los lados había una zona para sentarse con grandes cojines blancos y una barra de bar hecha en madera y acero; mientras que al otro lado había una piscina de hidromasaje cuyas aguas azuladas brillaban en la oscuridad.

Se acercó a la piscina, se sentó en el bordillo de azulejos y rozó con los dedos la superficie del agua. Al sentir el calor del agua, retiró la mano rápidamente y volvió a levantarse, asustada por la repentina imagen que tuvo de Angelo y ella allí abrazados.

Estaba tan sensible que cualquier pensamiento intensificaba el febril deseo que la invadía. Miró hacia la playa, donde continuaba la fiesta, oyó el sonido lejano de la música y distinguió el resplandor de la fogata que iluminaba el pinar sobre el acantilado y recortaba las siluetas oscuras de los que bailaban.

De pronto le parecieron lejanos, extraños, en lugar de aquéllos con los que vivía y a los que había llegado a considerar como la familia que no tenía.

Había hecho amistad con Gavin y con el resto del grupo cuando habían acampado al borde del parque, en Ifford, para protestar por la ampliación de una autovía. En aquel momento había estado en cama, recuperándose de su operación en el tobillo y enfrentándose a una vida sin el baile. Pero lo que más daño le había hecho había sido la noticia que los médicos le habían dado sobre una posible causa genética de la debilidad que sufría en los huesos.

Al recibir esa noticia su reacción había sido de mayor rebeldía, teniendo en cuenta la horrible mentira que había detrás de todo.

Green Planet le había ofrecido una vía de escape, un propósito y un modo muy conveniente de devolvérsela a su padre. Y aunque en ese momento le había parecido suficiente, se daba cuenta de que aquellas personas nunca le habían dado algo que la llenara.

Angelo se detuvo en lo alto de la escalerilla y la observó un momento. Ella estaba apoyada en la barandilla, con la vista fija en la playa donde sus compañeros seguían celebrando la fiesta.

Finalmente tomó una botella de champán de un cubo con hielo y se acercó a ella.

–¿Te gustaría seguir en la fiesta?

Ella se dio la vuelta, visiblemente sobresaltada.

–¡Ay! ¡No te he oído llegar!

–Lo sé... parecías... –hizo una pausa, tratando de escoger la mejor palabra–, parecías triste. Por eso te he preguntado si querías volver a la playa con tus amigos.

Ella lo miró con serenidad.

–No. Me alegro de estar aquí.

Su sinceridad lo sorprendió y lo excitó. La mayoría de las chicas que él conocía habrían insistido en mostrarse vacilantes y tímidas, para después montarle un drama cuando él no mostrara el interés suficiente como para seguirles el juego y persuadirlas.

–Ha sido una fiesta estupenda –comentó él con gravedad mientras quitaba el corcho con habilidad.

–Sí –susurró ella.

Hizo una pausa.

–El baile ha sido maravilloso.

Vio que ella cerraba los ojos y percibió su hondo suspiro.

–Sí –respondió ella.

Benedetto Gesù, debía tener cuidado si no quería que aquello se le fuera de las manos. Consiguió servir el champán sin que le temblara la mano; sin embargo, un intenso deseo imposible de ignorar le atenazaba las entrañas. La noche anterior se había acostado con una actriz cuya rubia perfección se había ganado el título de «icono del cine»; sin embargo a él le había costado excitarse. ¿Entonces por qué con aquella extraña rebelde parecía un anuncio andante de Viagra?

Le pasó una copa, y de momento ninguno de los dos dijo nada. Ella era valiente y no desviaba la mirada, pero Angelo notó que estaba temblando.

–Tienes frío.

Ella levantó el mentón un poco pero no dejó de mirarlo.

–No, no tengo frío –aspiró hondo.

Más bien estaba ardiendo. ¿Cómo podía él estar ahí tan relajado? Pensó en el nombre que le había dado Fliss, el Príncipe de Hielo, y le pareció de lo más apropiado.

Entonces él le quitó de la mano la copa de champán y la dejó sobre la mesa, y el corazón le dio un vuelco.

–Hora de irse a la cama, creo.

Angelo le deslizó la mano por el brazo y terminó entrelazando los dedos con los suyos, no dejándole a

Anna otra opción que la de seguirlo por la escalerilla por donde había subido, hasta una cubierta inferior donde había una mesa de comedor enorme delante de una amplia cristalera.

–Por aquí –le indicó él.

El roce de su mano suave trasportó a Anna al mundo de sus fantasías, y empezó a imaginar el placer que esos dedos estaban a punto de darle.

Angelo se detuvo delante de una puerta de madera de un pasillo discretamente iluminado y la abrió para que ella pasara.

Anna avanzó hacia la cama con un revoloteo de emoción haciéndole cosquillas en el estómago. Aquello era lo que siempre había deseado. Aquello era la conclusión lógica de todas esas fantasías de niña. Se sentó modestamente en el borde de la cama, o todo lo que pudo, ya que los pezones se le notaban debajo del bikini, y miró a Angelo.

Fue un poco como mirar hacia el sol, porque él era deslumbrante.

Alto, fuerte y guapísimo, estaba allí delante de ella como un dios; pero su rostro era una máscara sin expresión. Con un estremecimiento de intensa emoción se preguntó si él le pediría que se desnudara.

–Creo que encontrarás aquí todo lo que necesites. El baño está ahí. Descuelga el teléfono si necesitas algo, y alguien de la tripulación te atenderá.

Anna se quedó sobrecogida. Un gemido de vergüenza le subió por la garganta, y tuvo que dominarse para no ponerse a gritar.

¿Cómo podía haberse equivocado de tal modo?

Fue el orgullo lo que le dio fuerzas para levantar la cabeza y mirarlo a los ojos, lo que la ayudó a esbozar una sonrisita tensa y a murmurar una vacía expresión de agradecimiento.

Pero cuando la puerta se cerró por fin y se quedó

sola, se tiró a la cama, agarró un almohadón y gritó de humillación y rabia.

Apartarse de ella no había sido fácil, pero al llegar a la cubierta superior Angelo se felicitó.

Independientemente de lo que hubiera sentido en la playa, ella era un asunto de trabajo, no de placer.

Él era un hombre movido por el principio de que, si quería algo, tendría que conseguirlo por su cuenta. Y eso había hecho de él una persona despiadada y temeraria.

Esa noche la había deseado, pero algo le había parado los pies; una especie de sentido de la caballerosidad que no sabía que poseyera y que le había impedido tomarla sólo por el hecho de haber podido.

A veces se preguntaba si las monjas del orfanato seguían rezando por su alma inmoral. Tal vez, finalmente, sus plegarias estaban siendo escuchadas; tal vez aún no estuviera condenado eternamente.

Soltó una risotada amarga.

O tal vez sólo quisiera hacerle esperar. ¿Quién sabía cuánto tardaría en completar la venta del *château*? No estaría bien acelerar las cosas. Cuanto más tardara en darle lo que ella quería, mejor.

Y mucho más satisfactorio.

En su sueño era una niña, sentada sobre las rodillas de su madre. La miró a los ojos, aquellos ojos verdeazulados que tan bien aún recordaba, y ocurrió algo muy extraño. Eran los ojos de su madre, pero también los de Angelo Emiliani, y eso le inquietaba en cierto modo. Se sentía segura, protegida y querida, pero también asustada.

Cuando se despertó seguía meciéndose, mientras algunos fragmentos de realidad del día y la noche anterior regresaban a su pensamiento. Se incorporó asustada.

El barco se movía.

Se levantó de la cama y se asomó por el ojo de buey, pero sólo vio mar y cielo. Enfadada, fue a abrir la puerta del camarote cuando se de dio cuenta de que seguía desnuda.

¡Estaba en alta mar y sólo tenía la parte de arriba de un bikini y unos pantalones cortos! Se tiró en la cama con frustración y rabia y se tapó con la sábana.

—Ah, entonces estás despierta.

En la oscuridad debajo de la ropa de cama abrió los ojos como platos un instante, horrorizada, esperando que aquella voz burlona hubiera sido fruto de su imaginación.

Pero al momento se encontró con un par de pícaros ojos azules.

A la clara luz de la mañana, su belleza fue una fresca sorpresa. Estaba desnudo de cintura para arriba y sólo llevaba unas bermudas. Con aquel pelo rubio y despeinado parecía más un surfista despreocupado que un hombre de negocios millonario.

Agarró la colcha para taparse los pechos, se levantó y lo miró con enfado.

—¿Qué diablos está pasando?

Él esbozó esa sonrisa serena, despreocupada.

—Te he traído café.

—¡No quiero café!

—Bueno, no es lo que suelo hacer, te lo aseguro... Pero cuando vine antes vi que estabas bastante... ligera de ropa, digamos. Mi tripulación puede enfrentarse casi a cualquier cosa, pero una ecologista desnuda pudiera ser demasiado, incluso para ellos.

Casi lo había sido para él. Tumbada sobre las sábanas vainilla, con el pelo rosa cayéndole por la cara y los hombros y el adorno de circonita en el ombligo, había dado una imagen salvaje pero dulce al mismo tiempo; como un cachorrillo de pantera. Tenía que seguir recordándose que, si no tenía cuidado, ella podría hacerle mucho daño.

Anna aspiró hondo y se tapó con la sábana; entonces, haciendo un esfuerzo enorme para no perder los nervios, levantó la vista y lo miró.

—Mira, Angelo... Lo de anoche fue... —no quería ruborizarse, ni comportarse como una niña tímida y tonta—. Fue un gran error. No debería haber venido.

—¿Entonces por qué lo hiciste?

Había dejado el café en la mesita de noche y estaba ojeando el periódico. Parecía totalmente absorto, como si lo que dijera ella fuera una mera distracción.

—No tuve mucha opción —susurró ella, visiblemente fastidiada por su despreocupación.

Levantó la vista y la miró con expresión ligeramente ceñuda; casi como si se hubiera olvidado momentáneamente de dónde estaba.

—¿Cómo? Yo no lo recuerdo así. Creo que te pregunté si querías volver con tus amigos en la playa —volvió a fijar la vista en el periódico—, y me dijiste que no.

—No sabía entonces si un crucero por el Mediterráneo era parte del itinerario.

—Ya veo. Un polvo rápido, ¿no? Eso era lo que tenías en mente —la miró de nuevo—. Estoy dolido.

No parecía dolido. Parecía totalmente despreocupado, y muy complacido consigo mismo. Además de extremadamente apuesto.

Anna apretó los dientes.

—No mantuvimos relaciones.

—No, pero tú querías.

Oh, Dios, qué asqueroso.

Tiró de la sábana y se levantó; no quería mantener esa conversación sentada en la cama. Se pasó la mano por la cabeza y trató de controlar su histerismo.

–Mira, no tenía nada en mente. No pensaba a derechas, que se diga. No sé... tal vez bebí más de la cuenta; estaba disgustada y...

–¿Disgustada por qué?

Ella negó con la cabeza.

–Da lo mismo –dijo con rapidez–. Lo que importa ahora es que tengo que volver. Hay cosas que necesito hacer.

Él se pasó la mano por la cabeza y fue hacia la puerta. Anna apretó los ojos cuando pasó a unos pasos de ella, porque no confiaba en no lanzarse a tocar aquel cuerpo con el que no había dejado de soñar toda la noche.

Al llegar a la puerta se detuvo y la miró con seriedad.

–¿Qué tal nadas?

–Muy bien.

Él asintió con gravedad.

–Seguramente estaremos a unos diez kilómetros de la costa. Menos mal que te has traído el bikini.

Anna gimió de rabia, agarró un libro y se lo lanzó a la cabeza, pero no le dio. Entonces agarró otro, pero él se plantó junto a ella en dos zancadas y le agarró de las muñecas.

–Basta.

Anna se relajó totalmente, y cuando notó que él la soltaba un poco dio un tirón muy fuerte para soltarse de él.

–No es suficiente. No...

Su único pensamiento era alejarse de él lo más posible, pero la cama estaba entre ellos.

Agarró la sábana con fuerza, se subió a la cama de un salto y lo miró con fastidio.

–Bueno, ahora que lo dices...

Le agarró de las piernas, tirándola sobre la cama y se echó sobre ella y le inmovilizó los brazos por encima de la cabeza con una facilidad pasmosa, como si ella fuera sólo una niña.

Sobre ella, a meros centímetros de su cara, estaba su pecho, y con sólo levantar un poco los labios habría podido besarlo. Jadeaba y respiraba con agitación, sin embargo él parecía más quieto que nunca.

Se movió desesperadamente debajo de él, tratando de ignorar el calor que sentía en la entrepierna, rezando para que él no se diera cuenta de que estaba a punto de alcanzar el orgasmo.

Se miraron. Ninguno de ellos dijo nada, y lo único que se oía era la respiración de Anna.

Él entrecerró los ojos y la miró intensamente; deslizó la mano libre por el cuello y la clavícula. Ella ya no tenía agarrada la sábana; de modo que sólo tendría que mover un poco la muñeca para dejar sus pechos al descubierto.

—Si esperabas convencerme para que te lleve a la playa, ésta no es la mejor manera de hacerlo, desde luego.

Ella lo miró con desprecio.

—¿Qué preferirías, que te rogara? —le espetó.

—*Amore mio*, eso sería igualmente fascinante, y por ello igualmente contraproducente.

Ella se levantó de la cama, porque no confiaba en que fuera capaz de pasar ni un segundo más tan cerca de su cuerpo de dios.

—No pienso convencerte de nada. Te pido que me lleves de vuelta. Hoy.

—¿Y si no lo hago?

—Llamaré a la policía.

—¿Tienes tu móvil?

—Sabes que no.

No tenía nada, y él lo sabía. Furiosa, se terminó de levantar de la cama. Él hizo lo mismo.

—Entonces supongo que querrás que te preste mi teléfono, lo que es un detalle bastante bueno, teniendo en cuenta que tienes la intención de utilizarlo para que me arresten por... ¿Por qué? ¿Por secuestrarte? ¿Por obligarte a algo en contra de tu voluntad?

Ella se sonrojó.

–No.

Ojalá.

Sin prisas, Angelo se echó el pelo para atrás y sólo consiguió acentuar su belleza dorada.

Entonces se volvió hacia la puerta.

–¿En ese caso, puedo sugerir que vengas a dar un paseo? Nunca se sabe, tal vez incluso aprendas algo.

Ella levantó la cara y lo miró con desdén.

–¿Qué podría aprender de ti?

Él hizo una pausa y medio se dio la vuelta, con la cabeza ladeada.

–Nos dirigimos hacia una propiedad que terminé el año pasado. La compró una persona famosa que está muy concienciada con el medio ambiente, y por ello se ha construido con el mayor respeto posible hacia el entorno. Me gustaría enseñártela. Tal vez así aprenderás a no creer todo lo que se ha escrito sobre mí. A lo mejor descubres al final que no soy el diablo en persona.

–Lo dudo –dijo ella con indignación.

Pero él ya había salido, y no la oyó.

Capítulo 6

DOS HORAS después Anna tuvo que reconocer que, fuera lo que fuera Angelo Emiliani, la vida abordo de su yate no estaba tan mal.

Estar en medio del mar resultaba liberador, terapéutico en cierto modo, como si uno se alejara navegando de los problemas. La noche anterior, la malicia de Saskia, quedaban muy lejos en su pensamiento. Allí no había necesidad de disculparse por ser quien era. O quien *no* era.

Se había pasado su infancia dividida entre Inglaterra y Francia, entre Ifford Park y Château Belle Eden; pero en ese momento cerró los ojos, apoyó la cabeza sobre los cojines de la hamaca y vio con claridad que se le había pasado por alto la solución más sencilla.

Todo dependía de la justa medida.

—Anna.

Abrió los ojos despacio y se estiró con deleite.

—¿Mmm?

—No sé cuál es tu trabajo, pero podrías hacer del sueño tu profesión. Es hora de levantarse. Hemos llegado.

Anna se levantó rápidamente.

—No suelo dormir tanto. No sé lo que me pasa; debe de ser la brisa del mar.

Él la miró con una expresión de humor.

–No será por hacer ejercicio, aunque no por falta de ganas.

¿Cómo conseguía sacarle los colores con tanta facilidad?

Angelo la miró y se fijó en la parte de arriba del bikini y en los cortísimos pantalones vaqueros.

–¿Antes de abandonar el barco, te importaría ponerte algo más... discreto?

–Ay, sí, qué tonta soy. Voy a escoger un modelo de los que preparé para hacer este crucero, ¿te parece bien?

–Estoy seguro de que puedo buscarte algo que te quede bien.

–Vaya, Angelo, es fascinante. ¿Tienes una gran selección de ropa de señora en tu ropero?

–No, pero he tenido unas cuantas visitas en el yate que se han dejado cosas.

–Por favor. Si crees que me voy a poner algo que pertenezca a una de las mujeres de tu harén, estás equivocado.

–No sé por qué me encuentras tan desagradable, tesoro. Anoche no parecías hacer tantos ascos. Además, si te vas a poner cabezota...

Ella lo miró un momento, muda de asombro y de humillación.

–Vayamos ya. ¿De acuerdo?

Llegaron al embarcadero privado de Villa Santa Domitila.

–¿Dónde estamos?

Angelo, que avanzaba delante de ella por la pasarela de madera, volvió la cabeza para responderle.

–Digamos que es una de las islas de la costa italiana que aún no han sido descubiertas. A la persona que compró la propiedad no le gustaría que se supiera

dónde está; y menos un grupo de conocidos alborota-
dores.

—Pensaba que habías dicho que era alguien compro-
metido con el medio ambiente.

Él asintió.

—En ese caso no tienen nada que temer por nuestra
parte.

A pesar de que hacía mucho calor, Angelo parecía
tan lozano con su camisa de lino y unos pantalones
blancos de algodón. ¿Por qué no había aceptado la
oferta de Angelo de tomar algo prestado? Aunque tenía
la piel aceitunada, el sol empezaba a molestarle en los
hombros; además, con sólo la parte de arriba del bikini
y los pantalones se sentía casi desnuda.

Cuando vio el señorial edificio color siena delante
de ellos, sabía que no iba vestida apropiadamente.

—Solía ser un antiguo convento —le explicó Angelo
mientras tecleaba el código de seguridad para abrir la
verja de hierro forjado—. El grosor de las paredes hacía
de ella una casa ideal desde el punto de ahorro energé-
tico.

Cuando se abrió la verja, Angelo echó a andar por
el camino, pero Anna se quedó rezagada.

—¿Qué te pasa? Pensaba que estarías deseosa de ver
todos tus principios puestos en práctica.

—No pienso entrar.

—¿Por qué no?

—No tengo por qué aguantar todo el rollo de relaciones públicas, Angelo. Estoy segura de que se te da muy
bien vender. Pero no me va a hacer cambiar de opinión.

Angelo se paró y se volvió hasta donde estaba ella.
Sus movimientos al caminar eran elegantes y felinos.

Anna tragó saliva.

—Bueno, disfruta del paseo. Pronto se sabrá quién
ha comprado este lugar, y podrás contarles a todos tus

amigos que has estado aquí –continuó caminando por el estrecho camino hasta la puerta de la casa.

Ella dio un pisotón en el suelo y lo siguió por el camino.

–Me importa un comino quién haya comprado esto, y eso no cambia que tienes intención de hacer en Château Belle Eden.

Sonriéndose, Angelo resistió la tentación de darse la vuelta para mirarla. Tal vez no fuera justo burlarse de ella, pero no podía evitarlo. Era tan susceptible, y era tan graciosa cuando se enfadaba.

Todo lo que ella decía, sus trilladas ideas sobre el medio ambiente, era puro tópico; pero también un misterio para él. No estaba del todo seguro de quién era. Su secretaria en Londres estaba tratando de averiguar todo lo posible sobre Anna Field. Pero cuando había hablado con ella antes de salir, no había podido decirle nada concreto. Cabía la posibilidad de que fuera una persona ociosa, sin domicilio fijo, y que por eso hubiera caído en las redes de esos espantosos ecologistas. Seguramente serían también «okupas».

La mera idea le horrorizaba.

Al llegar a la puerta de la villa se volvió para esperarla. Anna subía lentamente por el camino. De pronto, una abeja se posó en su brazo, y Anna la apartó despacio y la dejó sobre una flor. Era la primera vez que la veía ceder ante la ternura que él había percibido bajo su rebeldía superficial, y sintió un inesperado pellizco en el corazón.

La puerta de la villa estaba abierta, y Angelo había entrado ya. Se paró en medio del enorme vestíbulo y se volvió despacio para apreciarlo todo bien.

–Es...

Vaciló, con la vista fija en la enorme araña de metal retorcido que colgaba sobre sus cabezas y que, después de fijarse bien, le pareció que estaba hecha de trozos de coches. El contraste entre el interior y el elegante exterior de la villa era sorprendente.

—Es horrible.

Se dio cuenta de que su intención había sido hacerle daño, pero también de que no tuvo nada de éxito. Él sonrió mientras cruzaba el vestíbulo, con las manos en los bolsillos.

—Me inclino a pensar lo mismo. Sin embargo, no se trata de eso.

—¿Ah, no? ¿Cómo puedes decir eso? Este edificio era un convento, un antiguo lugar de contemplación y adoración, y tú lo has puesto como si fuera uno de esos fríos y modernos apartamentos de Nueva York. ¡Es horripilante!

Angelo había llegado a una de las puertas que había en el vestíbulo.

—Ya estás otra vez.

—¿Qué quieres decir?

—Que estás suponiendo cosas —dijo en voz baja—. En primer lugar, yo no lo he puesto de ninguna manera. El interior fue totalmente obra de mi cliente, y su equipo de gurús, diseñadores de interiores, expertos en *feng shui* y espiritualistas. En segundo lugar, supones que no estoy de acuerdo contigo; y en tercer lugar, no cometas el error de pensar que todos los conventos son lugares de devoción.

La fiereza de su tono de voz le llamó la atención a Anna, que lo miró con curiosidad; pero no le notó ninguna expresión distinta en la cara.

—Pensé que te encantaría que los suelos fueran de madera, que toda la decoración fuera encargada a la cooperativa local de mujeres y que la finca albergue magníficos ejemplares de plantas autóctonas, aparte de que la lámpara esté hecha de partes recicladas —sonrió con ironía—. Sube y te enseñaré el resto.

–No, gracias. Ya he visto suficiente.

–Como quieras. Si me perdonas, tengo que atender unas cuantas cosas. Tal vez me lleve un rato, así que ponte cómoda.

–Creo que sería difícil en este...

En ese momento sonó el móvil de Angelo, y éste respondió impasible y se apartó de ella hasta que ya no le oyó.

Anna se quedó sola. Sentía un poco de frío, y se agarró los brazos.

Estaba a punto de salir de la casa para esperarlo fuera, cuando se dio cuenta de lo inmaduro de su comportamiento. Estaba claro que él no quería que le oyera atender la llamada, puesto que a lo mejor tenía algo que ver con el *château* o con Grafton Tarrant.

Perdería una oportunidad de oro si no era capaz de olvidarse de lo mucho que le atraía aquel hombre. Era estúpido y ridículo. Angelo era un hombre apuesto, pero también la persona que estaba a punto de quitarle lo único que le ataba a su feliz pasado.

Subió rápidamente las escaleras de dos en dos, y al llegar al rellano del primer piso donde había una galería aguzó el oído, pero no se oía ni un ruido.

Sólo oía los latidos de su propio corazón; los latidos acelerados de la emoción.

Delante de ella había una fila larga de puertas. Se acercó tímidamente a una de ellas y pegó la oreja a la madera; pero no se oía nada.

Frustrada, abrió una de las puertas y se asomó. Era un dormitorio, dominado por la cama más grande que había visto en su vida y tan mal decorado como el resto de la casa. Abrió la puerta de un baño dentro del dormitorio, y miró a su alrededor. Allí no había nada lujoso como pudiera ser una bañera. Pensó incluso que no estaba terminado. Avanzó un paso y vio que las paredes estaban cubiertas de pequeños y brillantes azulejos verdes que parecían las escamas de la cola de una sirena; pero aparte de eso, estaba vacía.

De pronto unos chorrillos de agua exploraron sobre su piel, empapándola al momento. Gritó y trató de apartarse, pero los chorros de agua fría salían de todas partes.

Chilló de nuevo, esa vez más fuerte. E igual que habían empezado, los chorros de agua dejaron de funcionar. Temblando y empapada en agua, sorprendida y rabiosa, se retiró el pelo de la cara y levantó la vista.

Angelo estaba a la puerta del baño, riéndose a carcajadas.

Capítulo 7

VEO que has descubierto la cabina de hidromasaje.

Anna estaba tan enfadada que no podía hablar.

—Impresionante, ¿verdad? Ha sido diseñado para gastar la menor cantidad de agua posible. Cada chorro de agua tiene incorporada diminutos dispositivos que airean el agua al salir, de modo que aumenta la presión —Angelo se puso derecho—. De ese modo se consigue una ducha muy eficaz, utilizando una cantidad de agua mínima, y todo se opera por sensores.

—Gracias —soltó ella muy enfadada—. Creo que eso ya lo había adivinado sola —añadió en tono ronco al ver que él empezaba a desabrocharse la camisa.

Ella retrocedió un paso, incapaz de apartar los ojos del pecho bronceado que dejó de pronto al descubierto.

—¿Qué estás haciendo?

Él levantó la vista y sonrió mientras terminaba de quitarse la camisa.

—Toma. Ponte esto.

—No, gracias. Estoy bien.

Ella trató de pasar delante de él, pero al hacerlo Angelo le tiró de la tira del bikini empapado. Al instante siguiente estaba detrás de ella, le quitó el bikini y la envolvió con su camisa.

Anna sólo era consciente del calor que le transmitía su camisa, que era el calor de su cuerpo, y de sus manos a través de la tela.

–Ahora, quítate los pantalones cortos.

Ella se volvió hacia él.

–¡No! No, yo...

Él avanzó un paso hacia ella, y Anna sintió un latigazo de deseo sólo de pensar que él iba a tocarla. Pero Angelo sólo empezó a abrocharle los botones.

Anna sólo era consciente de la tirantez de sus pezones, mientras él terminaba de abotonarle la camisa sobre sus pechos desnudos.

–Ya está. Totalmente respetable. Casi te llega a las rodillas, así que no pasará nada si te quitas los pantalones. No voy a mirar.

Ella bajó la vista y trató de desabrocharse los pantalones cortos, pero tenía los dedos torpes.

–Yo... no puedo...

–Entonces permíteme.

Él la atrajo hacia sí con suavidad. Incapaz de levantar la vista, observó fascinada cómo sus dedos largos y elegantes le desabrochaban el botón, consciente de que su estómago plano y bronceado sólo estaba a pocos centímetros de ella.

Él le pasó el pulgar por el vientre, provocándole estremecimientos por la espalda. Le bajó la cremallera despacio y le bajó los pantalones con mucha parsimonia.

Sin poderlo remediar sintió que movía las caderas, como si éstas tuvieran voluntad propia, bajo las manos de Angelo.

Él se puso de rodillas delante de ella, y ella echó la cabeza hacia atrás y levantó las manos instintivamente para enterrarlas en su melena mojada mientras trataba de controlar sus murmullos de placer que sus caricias provocaban en ella.

Él le acarició primero un pierna y luego la otra, hasta que le sacó primero un pie y después el otro. Ella bajó la cabeza y vio que se inclinaba delante de ella, con su cabello rubio, despeinado en contraste con el tono dorado de sus hombros; hombros musculosos y de aspecto sedoso.

Angelo se puso de pie. Con el pulgar separó sus labios con sensualidad, y continuó deslizándolo por su cuello mientras ella echaba la cabeza para atrás y pegaba las caderas a Angelo.

Ardía en deseos de sentirlo. Él hundió los dedos en su melena húmeda, sosteniendo el peso de su cabeza, mientras ella esperaba con ansia a que él la besara. Él bajó la cabeza y acarició su cuello con los labios, donde el pulso latía frenéticamente bajo la piel húmeda.

–Es hora de marcharse –murmuró él en tono seco–. Los famosos son muy tiquismiquis a la hora de que unos extraños practiquen el sexo en sus habitaciones.

Ella abrió los ojos rápidamente al tiempo que él se apartaba de ella y se agachaba a recoger los pantalones cortos del suelo. Sin mirar atrás, salió del cuarto de baño.

Anna se pasó la mano por los labios ardientes y maldijo en voz baja. Lo alcanzó a la puerta y le quitó su ropa. Entonces corrió delante y salió al soleado patio.

Angelo cerró la puerta de la casa y aprovechó el momento para reflexionar. Debía tener cuidado. Tenía que cerrar aquel trato y devolver a Anna sana y salva al continente, porque si aquello continuaba mucho más tiempo tendría que acostarse con ella.

Sin duda era lo que quería, pero había atisbado una vulnerabilidad en ella que lo asustaba. Y eso le había hecho pensar en Lucía.

La observó caminando delante de él en dirección al embarcadero. Su camisa le llegaba por las rodillas, pero el efecto era extremadamente sensual. Ella se había metido en la situación en la que estaban con los ojos bien abiertos; de modo que debía de estar muy segura de sí misma para haberlo hecho.

Sin saber por qué, Angelo se dijo que no se parecía en nada a la pequeña del orfanato que tanto cariño le había tomado. Lucía había sido una niña entonces, una niña tierna y vulnerable, que había confiando en él por ser su único apoyo en un mundo duro y sin amor; y él jamás se perdonaría a sí mismo por lo que le había pasado a ella.

Pero Anna era fuerte, rebelde y tenía temperamento; Anna sabría cuidarse sola. Debía de haber imaginado que por dentro sería vulnerable y tierna.

Con expresión pétrea continuó por el camino por donde iba ella. Llamaría a su secretaria en cuanto volvieran al yate, a ver si había averiguado algo a través de los abogados de los Ifford de lo que estaba pasando por allí. Cuanto antes se firmaran los papeles, mejor. Por su propia salud mental.

Anna entró en el camarote y se tiró en la cama. Quería romper algo, partirle la cara a Angelo Emiliani, gritar a pleno pulmón...

Pero lo que más deseaba en realidad era hacer el amor con él; practicar el sexo mágica y salvajemente, durante al menos veinticuatro horas.

Se dio la vuelta y se tapó la cara con las manos, pensando en lo insoportable de su situación. Estaba en medio del océano a solas con el hombre más apuesto que había visto en su vida, y él estaba dispuesto a seguir jugando con ella a aquel juego tan sádico. Detestaba los hombres fríos como él, los hombres a los que les gustaba volverle a una loca; había muchos así, y siempre parecían ser los más apuestos, los que coqueteaban con las mujeres y las perseguían hasta conseguirlas; para después dejarlas tiradas y desaparecer. Sólo hasta que volvían a aparecer, pero tratando de hacer con otra lo mismo que habían hecho con una.

Roseanna Delafield no iba a ser una más para nadie.

Se había alejado bien de todo eso; había echado la llave de su corazón y enterrado sus deseos bajo una gran cantidad de cinismo y negación. Pero allí estaba, perdida en medio del mar sin sitio donde escapar. Sin poder esconderse de los sentimientos que él desataba en ella.

¡Canalla!

Se incorporó en la cama; de pronto estaba ciega de rabia. ¿Cómo se atrevía a hacerle pasar todo eso, sin preocuparse de sus sentimientos? No... era peor que todo aquello. Angelo disfrutaba de verla así.

Se quitó su camisa con genio y se puso la parte de arriba de su bikini; daba lo mismo que aún estuviera húmedo. Al menos su bikini no olía a él, y por lo tanto no la provocaba.

Empezó a pasearse por el camarote con nerviosismo, intentando idear un plan para escapar de él. Al no tener ningún contacto con el mundo exterior, no podría decir de pronto que se le había muerto algún pariente. Además, dudaba que Angelo Emiliani tuviera la humanidad suficiente para permitir que un detalle así variara sus planes. Por negocios, tal vez, pero por un asunto personal...

Se quedó inmóvil. ¡Sí! ¡Ya estaba!

Gimió en voz alta, maldiciendo su propia estupidez. No la había llevado allí para hacerle cambiar de opinión, sino para quitarla de en medio hasta que se firmara la venta. Lo que no sabía era que eso no se produciría si ella no iba a Niza a firmar los papeles.

Eso lo cambiaba todo. Ya no tenía prisa por marcharse. De pronto, inesperadamente, se dio cuenta de que tenía la sartén por el mango y de que todo empezaba a ponerse mucho más interesante.

A las siete de la tarde Paulo, el asistente, fue a buscarla para que fuera al comedor a cenar.

La cristalera del salón estaba abierta y una suave música instrumental ambientaba el cálido espacio. Hacía una noche balsámica, y desde el salón Anna contempló las tonalidades suaves del cielo del atardecer. Era un bello cuadro, pero al acercarse se le cayó el alma a los pies.

—Sólo hay un cubierto puesto, Paulo... ¿El señor Emiliani no va a cenar?

Paulo no la miró a los ojos.

—Lo siento, *signorina* Field, pero tiene mucho trabajo. En este momento está atendiendo algunas llamadas, pero a lo mejor podrá venir con usted más tarde. Mientras tanto, por favor siéntese. ¿Quiere tomar un poco de champán? ¿O le apetece un cóctel, tal vez?

—Champán está bien, gracias.

Era la indignación la que cuajaba en su pecho; ni la decepción, ni el dolor. Le fastidiaba su mala educación, nada más. No pensaba sentarse a cenar sola en esa mesa tan grande. Se acercó a la barandilla y contempló las aguas oscuras del océano, mientras algunos miembros uniformados de la tripulación pasaban con platos de comida.

Anna no tenía hambre. O al menos no era un hambre que la comida pudiera satisfacer.

Hacía una noche perfecta, ideal para el romance: el sol como una bola de fuego se hundía en el horizonte, dejando trazos de rosa anaranjado en la superficie del mar. Pero esa belleza sólo conseguía intensificar el anhelo en su interior. Se terminó la copa y volvió inquieta al comedor, donde había una máquina de discos pegada a una pared.

Curioseó la selección de canciones con un desdén que rápidamente dio paso al desdén al ver el gusto de Angelo. Programó unas cuantas canciones que le gustaban, y subió el volumen.

La mesa estaba debajo de una especie de marquesina que era parte del suelo de la cubierta superior que se proyectaba hacia fuera, sujetado por delgados pilares de cromo.

Se acercó a la mesa, quitó una hoja de una alcachofa, la mojó en salsa holandesa y la chupó con lascivia.

Ay, Dios, ¿por qué todo la devolvía al mismo sitio?

El sol había desaparecido ya y empezaban a salir las estrellas en brillantes racimos, pero no se veía nada más. Se sintió muy sola, como un faro de deseo ardiente a la deriva en las aguas oscuras del mar.

Se oyó el ruido que hacía la máquina cuando cambiaba de disco, y Anna suspiró con nostalgia cuando reconoció los primeros compases de la canción lenta que había bailado con Angelo en la playa.

La música concordaba con su estado de ánimo, lánguido y sensual. Se agarró despacio al pilar de cromo de la cubierta y se balanceó hacia afuera con sensualidad. Automáticamente enganchó las piernas al pilar y trepó trazando un arco sinuoso.

No había practicado en todo el verano, pero no por ello había olvidado los movimientos.

Su cuerpo latía de deseo por sentir sus caricias, su aliento cálido en la piel. La música la hechizó, haciéndole estremecer mientras dejaba que su cuerpo girara y se curvara casi por voluntad propia, siendo cada movimiento la expresión de un deseo desesperado.

Se inclinó hacia atrás formando un arco pronunciado, agarró el pilar por la base y se levantó dando vueltas al tiempo que terminaba la canción.

Por un momento siguió el silencio. Entonces se oyó la voz de Angelo, fría y tensa.

—¿Qué demonios crees que estás haciendo?

Angelo estaba en la cubierta superior, esperando otra llamada de Londres, cuando oyó la música. La reconoció de inmediato, y sonrió con pesar mientras recordaba las sensaciones de la noche anterior.

Se levantó, se acercó a la barandilla y se apoyó de espaldas, reviviendo el baile. ¿Cuánto tiempo habrían pasado juntos? ¿Minutos? ¿Horas? No tenía ni idea; y se dio cuenta de que en su rígido mundo donde todo estaba programado, aquello era una novedad. Se había dejado llevar de un modo totalmente ajeno a él. Se había sentido bien, despreocupado.

Y Angelo Emiliani jamás se había sentido ni joven ni despreocupado. Y tampoco podía permitirse hacerlo en ese momento, se dijo con pesar mientras trataba de centrarse en lo que tenía entre manos.

Después de hacer un montón de llamadas casi a todas las personas que conocía, apenas había averiguado nada sobre Anna Field, y los abogados de Ifford eran extremadamente vagos en cuanto a la fecha en la que se podría firmar el contrato del *château*. Las leyes francesas dictaban que hacían falta las firmas de las partes interesadas, y estaba llevando tiempo organizar todo lo necesario. Angelo asumía con burla que la aristocracia inglesa no funcionaba con las mismas normas que regían el mundo de los negocios.

Se frotó los ojos y se volvió para mirar hacia el mar sereno. Fue entonces cuando la luz de la cubierta inferior le llamó la atención.

O más que la luz, la sombra.

Las lámparas del salón proyectaban la silueta perfecta de Anna sobre el suelo de tarima.

Anna estaba bailando; aunque no sólo bailando. Estaba...

Dio mio!

Debería haber sido obsceno, pero no lo era. Observándola, le sorprendió su gracia y su fuerza, la suave precisión de sus movimientos. Ella se enroscó en la columna con precisión felina, como la de una bailarina.

Lo había sorprendido, se decía mientras la música concluía. Le sorprendía y lo intrigaba. La chica era como una explosión nuclear en medio de su bien ordenada vida.

—¿Pero qué demonios crees que estás haciendo?

Se puso de pie medio tambaleándose del susto; estaba sin respiración. Angelo cruzó la cubierta con pasos largos y agresividad. Como siempre su rostro era impasible, una serenidad fría, pero Anna percibió una tensión en la mandíbula delgada cuando él se plantó delante de ella.

Anna alzó la cabeza con gesto desafiante, pero se agarró con fuerza al pilar que tenía detrás para no caerse. La mirada de Angelo parecía quemar.

—Estaba aburrida.

Angelo soltó una risa incrédula y se pasó la mano por la melena dorada.

—¿Aburrida?

Y entonces sus labios se encontraron, unidos por un magnetismo incontrolable, y Angelo apoyó las manos en el pilar para aprisionarla con su cuerpo. Anna golpeaba su pecho musculoso con los puños al tiempo que sus lenguas se enredaban en la caverna ardiente de sus bocas. Le acarició la espalda y clavó las uñas en su sedosa piel.

Sin embargo Angelo no se apartó. Sólo la besaba,

sus cuerpos no se tocaban por ninguna parte, pero lo hacía con un beso ardiente y salvaje, casi desesperado.

–Sí. Aburrida. Siempre estás trabajando.

Él retrocedió y sonrió, mirándola con deseo.

–Tengo que tratar dc llevaros un poco de ventaja a ti y a tus amigos.

Despacio, con parsimonia, se subió al pilar y se balanceó en la parte superior, arqueándose después hacia él.

–Estás perdiendo el tiempo.

–¿De verdad?

Angelo estiró la mano y le acarició alrededor del ombligo con la punta del dedo, sin apartar los ojos de su cara. Percibió el deseo en la mirada de Anna, el movimiento de sus párpados, como el un leve revoloteo cuando él le tocó; y cuando Anna se estremeció y balbuceó, Angelo estaba ya listo para ella. Le rodeó la cintura con el brazo y la bajó. Ella le ciñó la cintura con sus piernas fuertes de bailarina.

–Bueno, entonces tal vez no debería perder ni un minuto más –dijo con brusquedad mientras la llevaba en brazos hasta el salón.

Anna sintió un delicioso escalofrío de anticipación cuando él abrió de una patada la puerta de su camarote. Su expresión era brutal, ominosa.

–Tal vez no sepa quién eres, Anna Field, pero sé lo que quieres.

Ella gimió momentos antes de que, casi por sí solas, sus manos se enredaran en su pelo. Sus bocas se encontraron de nuevo cuando él la dejó sobre su cama, antes de empezar a desabrocharse los pantalones cortos. Anna le rodeó el cuello con los brazos y lo atrajo hacia sí. Anna le agarró la cara con las dos manos y lo miró de tal manera que Angelo estuvo a punto de caer en un abandono total.

Continuó besándolo, mientras le acariciaba los brazos grandes y fuertes. Se agarró a sus muñecas y se incorporó hasta quedarse sentada encima de él. Sin apartar sus labios de los suyos, arrimó las caderas hasta pegar con las rodillas en los brazos. El beso se volvió más apasionado, devorándose, lamiéndose y besándose por toda la cara.

Entonces ella echó la cabeza hacia atrás y jadeó con gesto triunfal. Con las rodillas le tenía inmovilizados los brazos contra la cama, a ambos lados de él.

—Te tengo —le susurró mientras se lo comía con los ojos.

Los labios hinchados de Angelo se curvaron con una sonrisa pausada que le sacaba los hoyuelos a ambos lados de la cara. Sinuosamente él empezó a moverse debajo de ella, hasta que su entrepierna quedó a pocos centímetros de su boca.

Él suspiró con fuerza, y Anna gimió cuando el calor de su aliento pareció alimentar el fuego que ardía en su interior. Cerró los ojos con feliz sumisión, pero los volvió a abrir bruscamente al sentir el primer lengüetazo.

—Oh, sí... Ah, Angelo...

Él sintió el estremecimiento que sacudió todo su cuerpo.

—Quítatelas —le susurró él.

Para hacerlo tuvo que levantar las rodillas, y Angelo aprovechó para tumbarla en la cama y colocarse a horcajadas encima de ella.

—Ahora soy yo quien te tiene.

Ella se combó bajo el peso de sus muslos, medio levantándose sobre los codos, queriendo pelear pero rendirse a la vez. Él le colocó una rodilla entre los muslos para separar bien las piernas. Gimiendo, jadeando, ella subió las caderas buscando su erección, que veía pero no podía tocar, medio loca por el deseo de sentirlo dentro.

Cuando vio que se ponía un preservativo fue demasiado para ella.

La penetró de un suave empujón, y sintió una conmoción repentina, como un escalofrío que le recorriera de pies a cabeza, al ver la vulnerabilidad que asomó a su rostro, al escuchar el leve gritito sofocado que se escapó de sus labios. No era posible que fuera...

–¿Anna?

Se retiró, y ella gimió de pura desesperación, mientras arqueaba las caderas para pegarse de nuevo a él. Lo miró a los ojos, pero cualquier rastro de duda se desvaneció ante su ardiente deseo. Al sentir su incertidumbre, ella presionó su pecho con los puños, golpeándolo, arañándolo con las uñas, siendo cada golpe, cada gesto, expresión abierta de su deseo.

Volvió a penetrarla despacio.

–¿Quién eres? –susurró, con una mezcla de severidad y desesperación.

Sus ojos eran un oscuro abismo desde donde ella lo observaba con un apetito voraz, desesperado.

–No lo sé. Soy... Ah, sí...

La penetró otra vez.

–Soy... lo que tú... quieras que sea...

Angelo se inclinó hacia delante y la besó en los labios mientras se enterraba de nuevo en su cuerpo.

–O todo lo que no quieres que sea.

La abrazó con un jadeo rudo la estrechó contra su pecho y al momento estaban rodando, jadeando y luchando juntos en una maraña de piernas, brazos y bocas, hasta que por fin Anna arqueó la espalda y soltó un chillido de éxtasis que flotó por el oscuro océano. En silenciosa dicha, Angelo sostuvo su cuerpo y se dejó llevar, sintiendo su propia liberación como un triunfo.

Se fijó en su pelo extendido como un abanico negro y rosa sobre la almohada, en su rostro ovalado y en sus labios carnosos, húmedos y enrojecidos. Ella lo miró también en silencio, desafiante, pero desafiada por su propia necesidad.

Debía de haberse quedado dormida o al menos muy relajada; pero sintió que Angelo retiraba muy despacio el brazo y la tapaba con la sábana.

—¿Mmm? ¿Qué haces?

Él se inclinó encima de ella; su rostro, a la luz de la luna que entraba por la ventana, parecía esculpido en pálido mármol.

—Me voy a mi camarote.

—¡No! ¡Quédate! No puedes marcharte así después de lo que... después de eso... —le tendió las manos, momentáneamente confusa.

Él le besó las puntas de los dedos y después colocó su mano sobre la cama con mucho cuidado. Se incorporó, con expresión remota, más apuesto que nunca; y ella también se sentó mientras él se daba la vuelta hacia la puerta.

—Angelo —le llamó, incapaz de detenerse.

Él se dio la vuelta.

—¿He hecho algo mal?

Él negó con la cabeza, muy serio.

—El sexo es para compartirlo, pero dormir, duermo solo.

Y con eso salió del camarote.

Capítulo 8

ANNA abrió los ojos y vio que la luz del sol inundaba el camarote. Se estiró con exageración mientras sentía una deliciosa molestia entre las piernas, y de pronto frunció el ceño.

A pesar de que hacía un día espléndido, una idea le rondaba el subconsciente. Pensó en los eventos de la noche anterior, hasta el momento en el que la había dejado; y entonces se le atenazó el estómago al pensar en su alejamiento, en su belleza; y era esa indiferencia suya lo que la intrigaba. Lo respetaba.

Pero no, había algo más...

Se levantó y avanzó sobre la gruesa moqueta hasta el cuarto de baño del camarote. En el espejo su rostro le pareció demasiado joven; pero al menos ya no estaba ese vacío, esa vaguedad que había visto antes.

¿Quién eres?

Eso se lo había preguntado Angelo.

Cerró los ojos y echó la cabeza hacia atrás mientras recordaba las palabras que se repetían en su pensamiento. Había encontrado un lugar donde se sentía bien: allí en medio del océano, con un hombre que provocaba en ella sentimientos y respuestas como nadie ni nada había provocado anteriormente; unos sentimientos que no sabía que poseyera.

Parecía como si hubiera nacido para él, para ello.

Anna abrió los ojos bruscamente. Ah, sí, eso era; la idea que le rondaba el subconsciente. ¡Era su cumpleaños!

Se miró al espejo mientras los recuerdos se agolpaban en su mente: su cumpleaños y el aniversario de la muerte de su madre. Lisette se había matado por exceso de velocidad cuando volvía con la tarta de cumpleaños de Anna que había encargado. Había sido el primer verano que no habían estado en el *château*, ya que Lisette había decidido que Anna debía quedarse en casa y celebrar una fiesta con sus amigas del colegio.

En aquel tiempo sólo llevaba un trimestre en St. Catherine, pero había detestado cada minuto de su estancia allí. Como era hija única estaba acostumbrada a estar sola, y la compañía obligada de las demás niñas la había agobiado. Ella era de las más pequeñas de su clase y mucho más inocente que muchas niñas, que ya habían empezado a usar sujetador y hablar de chicos. Temerosa de mostrar su ingenuidad, Anna se había mantenido alejada de ellas, ganándose fama de estirada.

No había sido un buen comienzo en absoluto.

Deseosa de que todo mejorara antes de empezar el curso en septiembre, Lisette había planeado una fiesta por todo lo alto en Ifford, de la cual Anna había estado totalmente en contra. La idea de que todas sus odiadas compañeras de clase fueran a Ifford la horrorizaba. Era una mansión enorme y esplendorosa en su tiempo, pero hacía tiempo que su mal estado era patente. Nunca habían tenido suficiente dinero para arreglar las goteras o para renovar el mobiliario, y sus padres eran unas personas artísticas y bohemias a quienes los suelos enmoquetados, los videos y los reproductores de CD no les parecían relevantes.

Anna había estado segura de que sus amigas lo encontrarían despreciable, y en las semanas anteriores al evento había rezado fervientemente para que pasara algo que evitara el temido cumpleaños.

Y había pasado.

Empezó a cepillarse los dientes con fuerza. Era lo

bastante madura ya para no culparse por lo que había pasado, y ya habían pasado diez años desde aquello... Claro que si por lo menos hubieran ido al *château* ese verano como solían hacer...

Pensó en el vestido de boda con el que había jugado, aquél que seguía en el ático polvoriento, y sintió el calor de las lágrimas en sus ojos. Era casi como si se negara a creer que Lisette se había ido para siempre, y que aferrándose al *château* podría, de algún modo, encontrar la manera de dar marcha atrás en el tiempo, de convencer a su madre para que no hubiera preparado esa fiesta; para pasar otro verano libre y despreocupada nadando, bailando e inventando juegos, y seguir fingiendo que eran una familia normal.

Escupió la pasta de dientes y se enjuagó la boca.

Ese día cumplía veintiún años, pensaba con desolación, y seguía soñando con lo imposible.

–He encontrado una.

Angelo entrecerró los ojos para protegérselos del sol y se pegó el teléfono un poco más a la oreja para no perderse nada de lo que le decía su secretaria.

–Adelante, Helen.

–Anna Field. Detenida en octubre de 2003 por actividades en Oxford a favor de los derechos de los animales, y puesta en libertad con amonestación.

Angelo se quedó inmóvil.

–Podría ser.

–Vive en Londres –continuó Helen–. Trabaja en un café vegetariano, tiene cuarenta y cinco años, está divorciada...

Angelo maldijo en italiano, y Helen dejó de hablar.

–Lo siento, señor Emiliani. ¿Quiere que continúe?

La imagen del cuerpo menudo y ágil de Anna se conjuró en su pensamiento. Otra vez.

–No –soltó él–. A no ser que sea la mujer de cuarenta y cinco años más joven del planeta, no es ella. ¿Estás segura de la edad?

–Sí, señor. Está en los récords policiales.

–De acuerdo, sigue buscando. Los abogados de Niza siguen esperando a que los Ifford envíen los papeles para firmarlos, y cuanto más tiempo tarden, más oportunidades tienen los ecologistas de complicar el proceso.

No podía retener a Anna a bordo para siempre, por muy tentadora que fuera la idea después de lo de la noche anterior.

La noche anterior, cuando había salido del camarote de Anna, se había tumbado allí para intentar trabajar un poco. Él dormía poco y mal, que suponía que se remontaba a los días en los que había tenido que compartir habitación con otros veinte niños, cada uno con sus miedos personales.

Angelo también los tenía, por supuesto, y por esa razón nunca dormía con las mujeres con las que se acostaba. Para él, entregarse al olvido del sueño era un acto de lo más íntimo que requería un grado de confianza que él no poseía.

No podía mostrarse tan vulnerable delante de otro ser humano. Lucía era la única persona con la que se había quedado dormido; la pequeña Lucía de tres años, que había vivido presa de los terrores nocturnos y los ataques de asma. Cuando había llegado por primera vez al orfanato se había quedado meses sin hablar; sólo gritaba de noche.

Poco a poco Angelo se había ganado su confianza, seguramente porque había sido el único que lo había intentado...

Se dio cuenta entonces de que llevaba un rato ojeando sin ver los esbozos que había hecho la noche anterior. Entonces se frotó los ojos y se fijó mejor.

Era del *château*, pero no eran los dibujos de un arquitecto, sino más bien impresiones, recuerdos del edificio de cuando Anna le había llevado a dar una vuelta para verlo. Se echó para atrás y suspiró, apoyando los papeles sobre su pecho.

Deseaba aquella propiedad con toda su alma.

También había deseado a Anna con fuerza, pero poseyéndola no había logrado apaciguar su alma.

Fuera quien fuera, era embriagadora. Era fogosa, sorprendente, adictiva y contradictoria; una ecologista que se hospedaba en hoteles de lujo, bailarina y encima virgen. Todo eso hacía de ella una mujer intrigante, pero para él también un gran peligro.

Necesitaba librarse de ella y olvidarla para poder concentrarse en aquella propiedad.

Anna subió despacio la escalerilla que conducía al solario. Empezaba a acostumbrarse a la relajada vida marina, después de que Paulo le mostrara el gimnasio con una sonrisa.

—El señor Emiliani pensó que tal vez le parezca más adecuado para hacer ejercicio, *signorina*.

En ese momento sentía las piernas ligeras y la mente agradablemente aturdida.

Al dar la vuelta a la esquina de la parte delantera del yate se paró en seco al ver a Angelo tumbado en los amplios asientos que rodeaban la piscina de hidromasaje.

Angelo estaba dormido, y Anna aguantó la respiración y se acercó a él muy despacio para no despertarlo, hasta que estuvo delante de él.

Su rostro era tan bello como siempre, pero Anna lo vio distinto. Con los penetrantes ojos cerrados, su rostro había perdido su aire frío e irónico y aparecía sencillamente joven y endiabladamente bello. Ladeó la cabeza y sonrió al recordar lo mucho que le había sorprendido su juventud cuando lo había conocido.

Paseó la mirada por aquel cuerpo que parecía una escultura griega bañada en dorado, proporcionado y perfecto. Fue entonces cuando vio que tenía unas hojas encima del estómago. Con cuidado las retiró, pensando en la rabia que le daría a Angelo cuando viera que se le había quedado la marca de las hojas en el estómago.

Miró alrededor para dejar los papeles en algún sitio y fue entonces cuando con sorpresa reconoció la familiar silueta del Château Belle Eden, que sensiblemente habían cobrado vida bajo los trazos hábiles de la tinta china.

Hojeó los dibujos rápidamente, todos ellos trazados con tanta claridad y destreza que se le saltaron las lágrimas. Casi podía ver el piano de su madre por la ventana del salón y...

En ese momento un brazo le rodeó la cintura y tiró de ella, y Anna cayó sobre los cojines de los asientos. Con un movimiento ágil, Angelo se dio la vuelta y se puso de pie, cerniéndose sobre ella allí tumbada, confusa y asustada.

–Lo siento, Anna –le susurró él–. Sólo son esbozos. No hay información, ni planos. Ningún detalle. ¿Crees que sería tan tonto como para dejar algo tan importante a la vista estando tú aquí?

–Ya me he dado cuenta –dijo con rabia mientras se incorporaba–. Y no buscaba nada, que lo sepas. Sólo quería...

Su frialdad y falta de confianza le habían dolido de tal modo que no era capaz de pensar a derechas.

–Bueno, qué más da –murmuró con pesar mientras se ponía de pie–. En realidad, me han parecido preciosos –se inclinó y levantó del suelo el dibujo de la ventana francesa de cristal emplomado para mirarlo un momento antes de devolvérselo–. Pero todo el edificio lo es, y por esa razón intentamos protegerlo para que no corra la misma suerte que la casa que me enseñaste ayer.

–¿Y me puedes explicar, Anna, por qué te parece que un edificio necesita protección? –le susurró en tono lleno de desprecio–. Anna el mundo está lleno de sufrimiento e injusticias, y tú eliges dedicar tu tiempo a proteger un edificio...

Ella lo miró con los ojos llenos de lágrimas de dolor y de orgullo.

–Al menos estoy haciendo algo que vale la pena en lugar de acumular indecentes cantidades de dinero cometiendo actos de vandalismo arquitectónico. Los edificios necesitan protección en favor del disfrute de las generaciones futuras.

Él se había dado la vuelta, pero Anna percibió la tensión en sus hombros amplios y morenos mientras se pasaba la mano por la cabeza con movimientos nerviosos.

–Generaciones futuras, ¿no? Ya entiendo. Serían las generaciones futuras de los ricos, de los hijos de familias privilegiadas que ya llevan cientos de años disfrutando. ¿Verdad?

«Familias que anteponen las propiedades y los títulos al bienestar de sus propios hijos», pensó Angelo.

–Tal vez. ¿Pero qué importa si esas familias cuidan de sus hijos y de las tierras que los rodean? No se trata sólo de ladrillos y cemento, sino del modo de mantener y dirigir la tierra, como se ha hecho durante cientos de años, sin tener que estropear los bosques para hacer pistas de aterrizaje para los aviones privados de los ejecutivos.

Se dio la vuelta despacio y la miró con los ojos entrecerrados. El desprecio se reflejaba a la perfección en el gesto de su boca.

–¿La tierra? Vosotros los ecologistas sois peor que las monjas del convento donde me crié. De verdad creéis que actuáis por el bien común, y estáis tan cegados por vuestra virtud que no os dais ni cuenta de lo que pasa a vuestro alrededor.

Angelo avanzó un paso hacia ella. Su tono era pausado, pero ello sólo contribuía a hacer más intenso el veneno de sus palabras. Anna se quedó pasmada.

–¿Cómo... te atreves?

–Porque es la verdad. A ti te gustaría que todo siguiera igual, ¿no es así? ¿Para la posteridad? Es una bonita idea, pero te sugiero que abras los ojos y veas el mundo real. No todo es castillos de ensueño y princesas de cuentos; el mundo está lleno de pobreza, enfermedades e injusticias. Se trata de un interés implacable, de la gente que sacrifica a otras personas más vulnerables para beneficio propio. Tú no ves más allá de la idea romántica que simboliza el castillo, pero la realidad es que la historia de edificios como ése representa la miseria y la explotación de las clases bajas, de mujeres y de niños, por amor de Dios, de personas obligadas y reprimidas. Yo libero los edificios de todo eso. No los protejo, hago de ellos lugares relevantes. Tú eres demasiado inmadura para ver todo eso.

Ella bajó la vista. Cualquier cosa mejor que ver el desprecio en su rostro; pero él ya se había apartado de ella y estaba guardando los dibujos en una carpeta.

–Si has terminado, me gustaría marcharme –dijo Anna tras hacer un enorme esfuerzo para no llorar–. Quiero que me lleves a la costa.

–Por supuesto. Volvemos a Cannes ahora mismo.

–Bien. Ha sido una estupidez por mi parte venir. No sé en qué estaba pensando.

–No creo que pensaras siquiera. Pero si pensaste, imagino que sería en lo que podrías ganar viniendo aquí.

Su fría fachada se derrumbó.

–¿Y eso qué se supone que quiere decir?

–Me refiero a la información que podrías haber sacado sobre el *château* –dijo en tono razonable mientras se acercaba de nuevo a ella–. Pero también sexo.

–Eres... Eres un canalla... ¡Tú me deseaste tanto como yo a ti!

Él la miró pensativamente y le acarició el vientre, deslizando un dedo alrededor de la circonita del ombligo.

–Lo deseaba también, es cierto. Pero tú lo deseabas más.

Siguió un segundo de silencio antes de la bofetada.

Él apenas se movió, pero en sus ojos brillaba una rabia intensa. Él no dejó de mirarla fijamente durante lo que se le antojó una eternidad. Anna lo miró con gesto desafiante, cargada de adrenalina y furia.

Y entonces, cuando él se dio la vuelta y se alejó sin volver la cabeza, Anna se dio cuenta de que toda su rabia se desvaneció con él y se quedó allí triste, rabiosa y avergonzada.

Cuando Anna volvió a su camarote tiritaba de tal modo que le castañeteaban los dientes: el encuentro con Angelo le había pisoteado el orgullo y magullado sus sentimientos. Sin embargo, a pesar del dolor que le había causado su desprecio, sabía que Angelo tenía razón.

Para empezar lo había deseado mucho más que él a ella; lo había deseado más que a nada en el mundo... Aparte del *château*, se decía Anna con apasionamiento. Su prioridad cuando había subido abordo del yate había sido la de averiguar cualquier cosa que pudiera ayudar a Green Planet a desbaratarle los planes a Angelo.

En ese momento, tumbada en su cama, pensó con desesperación en lo mucho que ya lo había deseado en la playa, antes de subir al yate. Ésa era la pura verdad.

«Tiene razón en todo lo que dice», pensaba Anna con rabia.

Green Planet implicaba un modo de vida, y cuando había conocido a Gavin y al resto del grupo, buscaba una vía de escape de un hogar donde sentía que ya no pertenecía y vengarse de una familia que había querido fingir que ella era alguien que no era.

Había perdido su futuro al tener que renunciar a su carrera de bailarina, y su pasado al enterarse de lo de su nacimiento, y Green Planet le había ofrecido un estilo de vida donde no tenía que pensar, donde todo estaba programado. Era como una religión. Le decía a quién creer y qué hacer, incluso qué comer y qué vestir. Ella había agradecido tanto su dirección que nunca se había molestado en cuestionarse la legitimidad de su credo, hasta ese momento. Tenía miedo.

Pero las palabras de Angelo le daban aún más miedo. Él había dado en el blanco con sus comentarios, le había puesto el dedo en la llaga. Porque ¿acaso su familia no la había sacrificado a ella, en parte, por el título? ¿Por el linaje Delafield? Había tratado de mantener oculta la verdad para salvaguardar el orgullo de su padre y la pureza de su tan importante herencia y honor familiar; pero eso le había dejado una profunda sensación de vergüenza y odio hacia sí misma.

Tenía que sufrir en silencio, ocultar las cicatrices, hacer su papel con nobleza y gracia; debía mezclarse con las personas adecuadas, casarse con el hombre adecuado y llenar Ifford Park de niños para perpetuar el nombre y continuar con la triste charada. La historia olvidaría el accidente de su nacimiento, porque sus propios sentimientos no importaban.

¡No!

Angelo tenía razón. Su creencia en la santidad del pasado era ingenua hasta rayar en la ridiculez, al igual que aceptar porque sí la ideología de Green Planet era una equivocación en sí misma. ¿Pero entonces qué le quedaba? Sin una identidad familiar, sin baile, sin Green Planet... ¿quién era ella?

Había estado tan ocupada rechazando todos los valores de su padre que se había olvidado de crearse los suyos propios; tan aprisionada había estado por el pasado que no había pensado en el futuro; tan avergonzada de ser quien era que incluso había tratado de negar que tenía cumpleaños.

A partir de ese momento, pensaba mientras se tapaba con la colcha y se acurrucaba debajo como un animal herido, aquel día sería el de su renacimiento: el día que había aprendido lo suficiente de sí misma como para darse cuenta de que tenía que empezar de nuevo. Por eso, al menos, debía estarle agradecida a Angelo. Y se dijo que por eso lo recordaría cada cumpleaños.

Sí, cada cumpleaños y los otros trescientos sesenta y cuatro días del año.

Mucho rato después, cuando las sombras violáceas llenaban la habitación, se oyeron unos discretos golpes a la puerta y Paulo asomó la cabeza.

—*Signor* Emiliani me ha pedido que le diga que amarraremos dentro de una hora más o menos. Vendré a buscarla cuando él esté listo para desembarcar, *signorina*. ¿Puedo traerle algo mientras tanto?

—No. No, gracias.

Así que ya estaba. Había llegado el momento de la despedida.

Capítulo 9

S E HABÍA lavado el pelo y enjabonado con dili-
gencia por todas partes, en parte para matar el
tiempo y en parte para intentar ser práctica. Si iba
a pasar los próximos días viajando, no sabía cuándo
iba a tener la oportunidad de darse un baño caliente, y
menos como ése; como ése nunca.

Dejó caer la toalla al suelo y se puso la parte de abajo
del bikini y la camisa de Angelo. Se pegó la suave tela
de lino a la mejilla y aspiró hondo; aún se percibía el
rastro de su aroma.

Pronto se desvanecería, como ella de su recuerdo.

Miró alrededor y vio el foulard de lentejuelas del
vestido de Fliss en el respaldo de una silla y se lo ató a
las caderas en un desesperado intento de que no pare-
ciera como si fuese a meterse en la cama. Con el foulard la camisa parecía más corta y dejaba al descubierto sus muslos largos y bronceados, más carne de la
que estaba acostumbrada a enseñar, pero trató de ignorar sus dudas y no lo pensó más.

No iba vestida elegantemente, pero era lo mejor
que podía hacer.

Cuando llamaron a la puerta, Anna pegó un brinco.

–El señor Emiliani está esperando, *signorina*.
¿Querría acompañarme?

Tenía que salir fuera con la cabeza bien alta mientras se despedía del hombre que le había cambiado la
vida.

Al llegar a cubierta Anna levantó la cabeza hacia el

cielo añil oscuro y sintió la caricia del cálido y perfumado aire marino en las piernas.

Todo estaba en silencio.

Miró a su alrededor algo confusa, buscando algún punto de referencia que le dijera que estaban en Cannes. Sin embargo, su mirada acabó posándose en la figura de Angelo.

Estaba apoyado sobre la barandilla, vestido con unos vaqueros desteñidos y una camiseta azul oscuro; cuando ella se acercó se puso derecho.

En la oscuridad que los separaba, le buscó la mirada y la contempló con curiosidad.

A Anna se le aceleró el pulso y se le encogió el estómago.

—¿Dónde estamos? Esto no es Cannes...

Él se adelantó hacia ella, mientras metía las manos en los bolsillos de los vaqueros, y la miró con la rubia cabeza un poco gacha.

—No. No estamos lejos... en St. Honorat.

Anna reconoció el nombre de la diminuta isla de la costa de Cannes.

—Quería disculparme por lo de esta tarde antes de que te marcharas. He dicho cosas muy duras.

Anna se puso derecha y lo miró a los ojos.

—No hay necesidad. Tenías toda la razón —le dijo en tono tirante.

Pero como no podía seguir mirándolo se volvió a mirar hacia el mar, dejando que la cálida brisa le revolviera el cabello acariciándole las mejillas y proporcionándole una cortina tras la cual esconder su expresión.

—Por favor, no te sientas obligado a malgastar más de tu valioso tiempo en mí. Ya has perdido dos días.

—No creo que pudiera llamarse perder el tiempo —respondió en tono suave mientras le tomaba la mano.

Ella cerró los ojos, rezando para que él no la tocara,

para que no fuera agradable con ella; porque si hacía eso, no podría contener las lágrimas, y acabaría besándolo o diciéndole...

Sintió los dedos de Angelo que le agarraban del mentón y le volvió la cabeza con una ternura infinita. Ella no apartó la mirada del suelo, desesperada porque no se le notara el temblor en su voz.

–Ha sido... divertido –terminó de decir con desconsuelo.

–¿Divertido? Tienes una extraña idea de la diversión, Anna Field. Pero esto aún no ha terminado.

Ella lo miró sorprendida, y vio que Angelo la miraba con humor antes de hacerse a un lado y señalar hacia la playa.

–¿Te apetece cenar? –sugirió él.

Ella emitió un gemido de sorpresa. Estaban en una caleta, y a la luz malva del crepúsculo vio la luz de unas velas que iluminaban una manta extendida sobre la arena plateada.

–¿Qué...? ¿Qué quieres decir con...? No puedo... Quiero decir, no debería. Tengo que volver a Cannes y...

–Eres la chica más contradictoria, difícil y rebelde que he conocido en mi vida. ¿Te das cuenta de lo mal que voy a quedar delante de toda mi tripulación si les pido que guarden toda la comida para poner rumbo a Cannes? Por no hablar de la comida que se echaría a perder.

Su tono era ligero y burlón, pero el roce de su mano le enviaba mensajes equis que le llegaban hasta lo más profundo de su ser. Retiró la mano con la intención de ignorar aquel tumulto de sensaciones que se agolpaban en su garganta.

–Seguramente ni siquiera voy a poder comer –balbuceó–. Soy vegetariana.

–¿Crees que no me había dado cuenta?

–No estoy vestida para...
–¿Y eso es nuevo acaso?
–Yo...
–Deja de discutir y ven.

La larga pasarela de madera que iba desde el amarre del yate a la playa era bastante estrecha, y Angelo dejó que Anna avanzara delante de él. Un error, se dijo con pesar al ver que no podía apartar los ojos de sus piernas largas y bronceadas. Estaba sensacional, relajada, suave y casi irreconocible si la comparaba con la chica recelosa y agresiva que había conocido en el *château*. Sin duda parecía distinta; más callada y discreta; más madura.. Tal vez apartándola de la influencia de aquellos hippies de Green Planet le hubiera hecho un favor.

Cuando llegaron a la playa, ella se volvió hacia él con gesto vacilante.

–Es preciosa.

Él sonrió.

–Yo estaba pensando lo mismo –comentó él.

Le tomó la mano y notó un leve temblor que le causó una extraña opresión en el pecho. De pronto, Anna le parecía muy joven y vulnerable.

¡Maldición!

Aquélla era su última oportunidad, se dijo Angelo mientras la llevaba por la playa hasta la manta de cachemira que había extendido en el suelo y sujetado con algunas piedras grandes. Alrededor de la manta había quinqués que contenían gruesas velas de cera pura, y en el centro de la manta descansaba una cesta de picnic y un cubo de plata con una botella de champán francés y una botella de rosado enfriándose en el hielo.

Llevaba dos días explorando todas las vías posibles para averiguar quién era esa chica, sin éxito alguno.

Había sido en parte esa frustración la que le había llevado a perder los estribos esa tarde con ella. Después se había dado cuenta de que no se había fijado en lo que había tenido delante de sus narices todo ese tiempo: a ella.

Había estado tan empeñado en rechazarla que no se le había ni siquiera ocurrido obtener las respuestas a sus preguntas de la fuente más fidedigna.

Él le dio un par de copas a Anna y sacó del cubo helado la botella de champán, que descorchó en un momento. Entonces, sin apartar la mirada de ella, Angelo sirvió el champán, que rebosó de una de las copas y le resbaló a Anna por el brazo.

Él tomo una de las copas y con la otra mano le agarró de la muñeca y se la llevó a la boca para lamerle la gota de champán que le había llegado hasta el codo.

–Brindo por conocernos mejor –dijo en voz suave.

Las burbujas del champán estallaron en su lengua, pero eso no fue nada comparado con las sensaciones que le provocaron su lengua y sus labios calientes al deslizarse por su brazo. Apretó los dientes para dominar el éxtasis que estuvo a punto de arrancarle un gemido de placer.

–¿De qué sirve que nos conozcamos? –le dijo en tono seco–. Estamos a punto de despedirnos.

Él levantó la cabeza y le echó una sonrisa que la recorrió de arriba abajo.

–Oh, vamos Anna. No me lo estás poniendo fácil. Me he comportado como un cerdo, y ésta es mi manera de compensarte. Nos hemos conocido bastante bien en algunas cosas en los últimos días, pero soy consciente de que no sé nada de nada sobre ti.

–Pero eso jamás fue parte del trato, ¿no, Angelo? –Anna se apartó y se volvió hacia el yate que flotaba sobre la superficie oscura del mar en calma–. Me llevaste al yate para hacerme cambiar de opinión, no para conocerme. Además –suspiró–, no se por qué de repente te entran escrúpulos. Estoy segura de que ni siquiera te molestarás en preguntarle el nombre a las mujeres con las que estás. No hay ninguna necesidad de hacer una excepción conmigo.

Siguió un largo silencio en el que sólo se oía el suave suspiro del océano.

–Ayer fue la primera vez para ti; creo que eso hace de todo esto una excepción. ¿Y, no se te ha ocurrido pensar que tal vez yo quisiera hacer una excepción contigo?

Ella se dio la vuelta despacio. Al ver que Angelo la miraba fijamente, con seriedad, sintió como si la sangre le hirviera en las venas; pero desvió la mirada y negó con la cabeza.

–No. No te creo. Detestas todo lo que represento; me detestas a mí, lo sé.

–Anna, Anna, Anna...

–Soy miembro del grupo ecologista que trata de evitar las obras que quieres hacer en el *château*, Angelo. No finjamos ser amigos.

–Hemos sido amantes.

–No. Hemos tenido un encuentro sexual. Creo que hay una gran diferencia.

Él se echó a reír, pero su risa estaba llena de ironía.

–Tienes razón, claro, pero a lo mejor lo que quiero es compensarte por eso. Anoche debería haberme dominado un poco más, pero debo decirte que no tenía ni idea de que fueras virgen –le retiró un mechón de pelo detrás de la oreja y sonrió con pesar–. Lo cual demuestra que tengo razón; que necesitamos conocernos. Mira, confieso que los activistas medioambientales no son mi clase de persona favorita, pero podría ser mucho peor... Cuando te vi en el hotel pensé de pronto que serías una de esas niñas ricas consentidas con título y un fondo de inversiones.

Ella se quedó helada.

–¿Eso sería peor? –le preguntó Anna.

–Mucho peor. Ahora... –le puso el dedo debajo del mentón y le levantó la cara– o bien te relajas y dejas de comportarte como si te estuvieran obligando a hacer algo horrible, o bien –vaciló, medio sonriendo–, o bien tendré que hacer algo al respecto.

–Podrías intentarlo –le dijo con frialdad mientras daba un tirón para soltarse de sus manos–. Pero no me gusta que me digan lo que tengo que hacer, Angelo. Mira, en realidad creo que deberíamos marcharnos... ¡Ay!

Con un movimiento ágil y rápido la había levantado y la estrechaba contra su pecho.

–¿Angelo, qué estás haciendo? ¡Suéltame! ¡Bájame, *ya*!

–No. No hasta que no aceptes mis disculpas y quites esa cara de enfadada. De otro modo... –Angelo se dirigía hacia el agua despacio–, tal vez te des otro chapuzón.

–¡No! –chilló ella–. ¡No, Angelo, por favor! ¡No tengo más ropa!

Él se detuvo y se echó a reír.

–¿Eso me lo dices para que me eche atrás?

–Suéltame –gimió ella.

Él la miró a la cara.

–¿Vas a ser buena?

La mirada de Angelo le provocó una oleada de intenso calor que la recorrió como un reguero de fuego, derribando cualquier inhibición, cualquier defensa o barrera.

–No pienso –susurró despacio con gesto burlón.

Él se dio la vuelta rápidamente con la intención de tirarla al agua.

–¡No, Angelo, no!

Pero Anna no podía ya contener la risa.

Él se paró y la miró con seriedad.

–¿Vas a ser agradable y educada a partir de este momento, Anna, o quieres que...?

–¡No pienso! –chilló ella–. Y no te atrevas...

–¿Dime, vas a ser buena? –su boca estaba a pocos centímetros de la suya.

Poco a poco Anna dejó de forcejear, y en la repentina calma sintió un deseo que necesitaba satisfacer. Y pronto.

–No –suspiró ella–. *No* quiero ser buena. Quiero ser muy, muy traviesa.

Su boca se precipitó sobre la de ella; e incluso el ruido de las olas al romper en la orilla quedó ahogado por el tronar de la sangre en sus oídos. Fue levemente consciente de que él la había llevado de nuevo a la manta, pero Anna flotaba en un mundo de fuego y deseo, donde la ondulación de su vientre sobre su cadera le hablaba de algo mucho más íntimo. Anna sintió que él la tumbaba, y también la suavidad de la alfombra bajo su cuerpo. Entonces él se colocó sobre ella y la miró con sus ojos de mirada impenetrable.

Ella arqueó la espalda con sensualidad para atarse a él con las cuerdas invisibles de un deseo instintivo.

–Angelo... no puedes parar así...

Él se echó a reír y se tumbó en la manta al lado de Anna para inclinarse hacia el cesto que tenía al lado.

–Escucha, Anna Field, o quienquiera que seas. Puedo hacer lo que me parezca porque soy el anfitrión de esta fiesta y tú la invitada, y se supone que debes comportarte como es debido.

Sacó las cajas de la cesta y empezó a abrirlas. Anna levantó la cabeza y miró al cielo; un cielo aterciopelado de color lila y tachonado de un millón de brillantes estrellas.

–¿Te gusta el pescado?

Estaba a punto de decir que no porque como todos

los demás miembros de Green Planet había sido una vegetariana estricta; pero de pronto ya no le importaba nada de eso. En realidad, le encantaba el pescado.

–Sí. Creo que esta noche podría comerme cualquier cosa.

–Bien. Cierra los ojos.

Anna esperó con los ojos cerrados y los sentidos alerta; su respiración se volvió agitada.

Algo le rozó los labios, y entonces abrió la boca, y probó un poco antes de morder algo suave y firme al mismo tiempo. Delicioso.

–Mmm... me chiflan los langostinos; dame un poco más...

–¡Buena chica! –le susurró al oído.

Anna abrió la boca otra vez y mordió otro pedazo de delicioso langostino mojado en salsa de mayonesa. Abrió los ojos despacio y se incorporó para tomar la copa de champán. Entonces dio un buen trago y se inclinó hacia Angelo y lo besó en la boca.

Una gota de champán se le resbaló por la barbilla cuando sus bocas se separaron.

–Esto no se suponía que iba a pasar así –le dijo él con voz ronca–. Se suponía que teníamos que conocernos.

–Nos estamos conociendo.

–Así no. Ya nos hemos presentado de este modo.

–Bueno –dijo Anna–. Pues pregúntame algo.

«Quién eres?», era lo que Angelo quería preguntarle; pero se dijo que debía ir despacio con ella, que no debía presionarla ni asustarla en modo alguno. Tomó otro tierno langostino y lo mojó en salsa de mayonesa y se lo ofreció.

–¿Cuál es tu color favorito?

Ella se apoyó sobre los codos y lo miró con consideración.

–No lo sé. El negro.

Él volteó los ojos.

–Tiene que ser una respuesta sensata; si no dices la verdad, tendrás una penalización.

Ella se echó a reír con un sonido tan dulce y musical que Angelo se sorprendió.

–¿Cómo vas a saber si digo o no la verdad?

–Te olvidas, tesoro, que he construido un negocio y me he hecho de una fortuna basándome simplemente en el instinto. Sé cuándo estás mintiendo. ¿Dime, cuál es tu color favorito?

–El rosa.

–Buena chica –sostuvo una gamba observando con satisfacción el modo en que sus labios carnosos se cerraban sobre el marisco–. Segundo nombre.

Ella gimió.

–Josephine. Por mi abuela, que era francesa.

Angelo sintió satisfacción y cierta sensación de triunfo. Bien. Debía tener cuidado antes de continuar.

–¿Cuál era tu asignatura favorita en el colegio?

–Ninguna. Odiaba el colegio con pasión. Supongo que lo que menos odiaba eran los deportes. ¿Oye, no crees que yo también debería poder preguntarte algo?

–Adelante.

Ella vaciló, porque de repente sentía timidez.

–¿De dónde eres?

–De Milán –respondió bruscamente.

–Esta tarde dijiste algo de que te habías criado con las monjas. ¿Qué querías decir?

–Me crié en un orfanato.

–Entiendo –dijo ella.

Anna agachó la cabeza y no lo miró; tampoco intentó tocarlo. Su reacción sorprendió a Angelo, aunque también le pareció interesante. Las pocas mujeres a las que se lo había dicho habían reaccionado de un modo muy distinto, lo habían agobiado con sus besos, como si así pudieran borrar los años que había pasado allí.

–Me toca a mí. ¿Dónde aprendiste a bailar así?

Ella le echó una mirada pícara bajo las pestañas negras como el carbón.

–¿Cómo?

–Como bailaste anoche –le dijo con brusquedad, porque no quería volver a pensar en todo aquello para no perder el hilo.

Ella suspiró, como si de pronto estuviera triste.

–Estudiaba para ser bailarina de ballet profesional, pero tuve un problema con los huesos del tobillo. Tenía debilidad en los tobillos, los médicos no saben por qué. Me operaron, y la operación salió bien, pero tuve que dejar el baile. Sólo puedo bailar con la columna; los movimientos son parecidos, pero la presión en los pies no es tan grande.

Él se inclinó hacia ella y le tomó el pie para tocarle la cicatriz que tenía en la cara interna del tobillo. Se preparó para hacerle la pregunta que podría ser la clave.

Aquello era un asunto de negocios.

–¿Dónde aprendiste a bailar?

–No, no –negó con la cabeza–. Me toca a mí, Angelo. ¿Cuál es tu comida favorita?

–Mmm... –Angelo se preguntó por qué sentiría alivio de pronto–. Eso es muy difícil. Me encanta comer –respondió–. Cuando era pequeño la comida era asquerosa; pero ahora me encanta el chocolate negro y amargo, los higos, y el buen pan, y también el jamón serrano, y esto... –tomó un langostino y se lo llevó a la boca–. No me puedo decidir por una sola cosa.

–¿Y, deja que adivine, te pasa lo mismo con las mujeres? –le preguntó en tono ligero antes de dar un sorbo de champán.

–Totalmente –respondió él–. Ahora, mi pregunta. ¿Cuántos años tienes?

–Veinte... No, veintiuno.

Se rellenó la copa y la miró con curiosidad.

–¿No te acordabas?

–Es que es mi cumpleaños. Hoy –le dijo en tono quedo.

Benedetto Gesù! Él allí jugando al gato y al ratón con ella, cuando Anna debería estar con sus amigos pasándolo bien.

–Lo siento –se puso de pie y empezó a guardar la comida.

–¿Por qué? –preguntó muy extrañada.

–Te he retenido aquí cuando tendrías que estar con tus amigos. He hecho mal. Deberías habérmelo dicho...

–No te preocupes; no pensaba hacer nada. No me gustan mucho los cumpleaños, así que esto... –miró a su alrededor– me resulta muy agradable. Bueno –añadió rápidamente, desesperada por recuperar el tono relajado de la conversación–, ahora mi pregunta. ¿Tienes hermanos?

Dejó de hacer lo que estaba haciendo y se quedó muy quieto.

–No. Que yo sepa, no. Salvo que yo... Bueno, más o menos.

Se frotó los ojos. Estupendo. De pronto se le trababa la lengua. Él había empezado con aquel estúpido juego de las preguntas por razones muy prácticas, de modo que sólo tenía que responder a sus preguntas, y escoger las respuestas que le daba con mucho cuidado.

–¿Angelo?

Ella estaba cerca de él. Angelo se dio la vuelta y, a la suave luz de las velas, vio su rostro ovalado lleno de ansiedad.

–Dime...

–No hay nada que decir, Anna –le dijo en tono seco mientras sacaba un pan fragrante de una bolsa de tela y un plato cubierto que contenía corazones de alcachofas, tomates secos y brillantes y aceitosas olivas–. No conocí a mis padres, no sé quiénes son. Me dejaron en un convento en el sur de Francia cuando contaba tan sólo con unas horas de vida. De allí me llevaron al orfanato de Milán. Me llamaron Angelo porque tenía el pelo rubio, como el de un ángel... –añadió en tono sarcástico– y me apellidaron Emiliani por St. Jerome Emiliani, el patrón de los niños abandonados.

Siguió un silencio sólo interrumpido por el suave rumor del mar.

–¿No tienes idea de dónde están tus padres?

Él vaciló, pensando en el pendiente de rubí y diamantes que guardaba en un estuche de su caja fuerte. El joyero de París a quien se lo había enseñado le había dicho que lo había hecho Cartier en 1922, y que sin duda sería una pieza única. A partir de esa información podría haber podido descubrir el nombre del comprador original, pero no lo había hecho. Habría averiguado que su madre era bien alguna rica aristócrata que había valorado su apellido más que el bienestar de su hijo, o que era una ladrona común. De las dos, habría preferido lo segundo.

–No. Me dejaron envuelto en un chal de cachemir y dentro había prendida una joya muy cara, de modo que supuse que a mi madre no le faltaba el dinero –dijo en tono ácido–. Creo que pertenecía a esos círculos en los que la llegada de un hijo ilegítimo te excluye de las mejores fiestas de la temporada.

Esperó a que ella le dijera que lo sentía, como le decían los demás cuando se lo había contado a alguien; pero el silencio se prolongó.

–Algunos niños sufren tanto de pequeños –susurró ella–. Creo que nos olvidamos, como adultos, de lo horrible que puede ser para un niño sentirse desconsolado y solo en la vida, a merced de cosas que no puedes controlar.

–¿Tuviste tú también una infancia horrible?

–No, no...

–¿Pero qué...?

–Pero nada. Has dicho antes que tenías «más o menos» hermanos y hermanas. ¿Te refieres a los demás niños del orfanato?

Angelo apretó los dientes. ¿Cómo era posible que hubiera terminado hablando de eso? Nunca en los últimos doce años le había hablado a nadie de Lucía. Pero negarla sería una intolerable traición.

–Una en particular –respondió–. Una pequeña llamada Lucía.

Anna no dijo nada, sólo esperó en silencio a que él continuara.

–Ella no era mi hermana de verdad, claro, pero al final estaba muy unida a mí. Yo tenía ya dieciséis años, y ella solía pedirme si podría venirse conmigo a vivir cuando yo tuviera la edad suficiente para marcharme, y si yo podía adoptarla para que fuera mi hermana. Le prometí que lo haría. Fue lo primero que me motivó para salir a ganar dinero; para poder sacarla de allí.

Apretó los puños y se puso de pie para respirar hondo y controlar sus emociones.

–Murió –continuó él–. Una noche le dio un ataque de asma. Yo no estaba en ese momento y nadie la oyó; sólo tenía tres años.

Él se quedó de pie un buen rato, de espaldas a Anna. Entonces se volvió y se sentó de nuevo a su lado.

–Bueno, creo que me toca preguntar a mí. ¿Qué te gustan más, las fresas o las uvas?

Capítulo 10

ANNA se despertó antes del amanecer, cuando el cielo estaba aún violeta y las estrellas empezaban a desvanecerse ante el avance de la luz.

Tenía las mejillas frías, pero debajo de la manta el cuerpo de Angelo abrazado a ella la calentaba y protegía del fresco aire matinal.

Se había acostado con ella. Una leve chispa de alegría parpadeó en la oscuridad de su corazón. Cuando ella se hubiera marchado, en los días y las noches tristes que le quedaban por delante, al menos siempre tendría eso. No era mucho, pero era algo que había compartido con él y que no le había entregado a nadie.

Medio le pesaba haberse quedado dormida, pero después de hacer el amor en la playa se había sentido agotada.

Bajó la vista y estudió sus manos bellas y bien formadas. Entre el dedo índice y el corazón vio que tenía una pequeña cicatriz blanquecina y se preguntó cómo se la habría hecho.

Qué ganas de llorar le entraban sólo de pensar en todo lo que jamás sabría de él. ¿Cuántas noches como la anterior tendrían que pasar juntos para responder a todas sus preguntas?

Cerró los ojos y se hizo un nudo en el corazón para separarse un poco de él. Todo su ser le pedía a gritos que se quedara quieta, junto a él, pero entonces recordó lo que él había dicho la noche anterior, lo de que podía haber sido peor en el caso de ser una niña rica y mimada con un título y un fondo de inversiones.

Anna se puso de pie muy llorosa, convencida de que su única alternativa era marcharse. Tarde o temprano, Angelo averiguaría quién era ella, y no podría soportar el odio en su expresión cuando lo hiciera. Porque si tenía que pasar por ello, sería como cortarse el corazón en pedacitos. Así que prefería marcharse con el recuerdo de algo perfecto.

Se estremeció, recogió su ropa que se habían quitado la noche anterior y empezó a vestirse. Si iba a ir hasta el muelle de la isla donde se tomaba el ferry, tendría que estar un poco más presentable.

Vaciló cuando se puso los pantalones de Angelo; entonces se los sujetó con el foulard de lentejuelas para ceñírselos un poco a la cintura y se subió las perneras para que no le arrastraran. Tenía el teléfono móvil en el bolsillo trasero, así que lo sacó y lo dejó sobre la cesta de picnic, donde sabía que lo vería.

Se estaba haciendo de día. Anna se volvió a mirar hacia el yate de Angelo que flotaba apaciblemente y cuyas superficies de cristal reflejaban el brillo rosado del cielo del este. No había razón para volver al yate porque no se había dejado nada allí, salvo el corazón. Pero eso ya no le pertenecía..

Unos metros más allá de donde habían dormido, las suaves arenas blancas se unían con la orilla donde la arena era más dura. Impulsivamente se acercó y buscó una concha, empeñada en dejarle un mensaje escrito en la arena. Las lágrimas cayeron sobre la arena, pero no dejaron marca.

No pudo evitar volver a su lado y contemplarlo un momento más. Parecía tan joven, tal vez parecido incluso al chico solitario del orfelinato, con aquella mata de pelo rubio revuelto, la boca ligeramente entreabierta y las oscuras pestañas sobre las mejillas.

Aspiró temblorosamente para tratar de ahogar los sollozos que la desgarraban, se dio la vuelta y echó a correr por la arena dando tumbos.

Al llegar a lo alto de la duna volvió la cabeza, pero las lágrimas no le dejaban ver.

Tardó menos de media hora en llegar al pequeño embarcadero; pero cuando se enteró de que el primer ferry no salía hasta las doce del mediodía estuvo a punto de echarse a llorar. La mera idea de tener que esperarse allí, de que Angelo llegara y la encontrar, la aterrorizaba.

Claro que la idea de tener que esperar y que él no apareciera por ella le aterrorizaba aún más.

Al final la salvación llegó en forma de dos monjes del monasterio que llegaron en una camioneta vieja para transportar productos elaborados por los monjes hasta el continente. Al ver la ropa tan grande que llevaba Anna y las mejillas sucias de haber llorado, accedieron a llevarla sin vacilar.

Uno de ellos le preguntó si estaba bien; y cuando Anna contempló su rostro amable y sereno sintió una gran determinación.

–Sí –respondió con vehemencia–. Pronto estaré bien.

El campamento de Green Planet seguía durmiendo. Anna abrió la cremallera de su tienda y vio que sus pertenencias estaban más o menos donde las había dejado. Se alegró al ver que alguien debía de haberle llevado las cosas que se había dejado en la playa, y estaban el vestido de Fliss y el bolso de cuero donde encontró su móvil.

Tenía cuarenta y dos llamadas perdidas. Las comprobó, y vio que aparte de un par de llamadas de Fliss el resto eran de los abogados y los agentes inmobiliarios. Varios mensajes expresaban que su cliente estaba de lo más interesado en completar la venta con la mayor urgencia

En el último mensaje, de las seis de la tarde del día anterior, el mismo *monsieur* Ducasse le decía que la venta corría peligro si no se ponía en contacto antes de las diez de esa mañana. Aquélla debía de haber sido la última intentona de Angelo de firmar y sellar los contratos de compra venta porque sabía que la llevaría al continente esa mañana.

Miró su reloj y vio que sólo eran las nueve.

Buscó algo de ropa limpia, pero ninguna de sus prendas desgastadas y desteñidas le pareció demasiado atractiva. ¿Tanto había cambiado en sólo dos días?, pensaba mientras se ponía una falda larga de volantes y un top blanco que le dejaba el estómago al descubierto. Sintió como si se estuviera disfrazando de otra persona; como si fuera a representar una obra.

Fuera de la tienda se oían las voces adormiladas y los conocidos sonidos del amanecer en el campamento. Echó una última mirada a su alrededor, recogió su bolsa y echó a andar en dirección a la carretera.

–¡Anna! ¡Has vuelto! ¿Dónde has estado?

–Hola, Gavin –sonrió cuando se dio la vuelta y vio a su compañero–. Bueno, es una larga historia.

–De acuerdo, pero deja que te diga esto primero. He averiguado lo que piensa hacer Emiliani con el *château*, y la buena noticia es que creo que podemos frustrar sus planes. Quiere convertirlo en un centro de investigación para enfermedades infantiles del aparato respiratorio, asma, tuberculosis, todas esas cosas; y por eso están implicados Grafton Tarrant. Y estamos casi seguros de que los planes incluyen alguna clase de instalación tipo clínica. Me parece que en cuanto se corra la voz y...

–No.

–Sería facilísimo, Anna.

–No, Gavin; voy a firmar los papeles. Hoy.

Gavin la miró extrañado.

–¿Cómo? ¿Qué hay del pinar... de la pista de aterrizaje... de cómo van a quitarle al *château* sus características para convertirlo en una clínica?

Ella lo miró tranquilamente y sintió con fuerza la nueva confianza en sí misma.

–Lo siento, Gavin. El Château Belle Eden no es más que un viejo edificio, y seguramente ya es hora de que se le dé un buen uso. Un centro de investigación para enfermedades respiratorias infantiles me parece una idea estupenda. Voy a renunciar a ello. Lo siento, sé que te has esforzado mucho.

Los ojos pequeños y miopes de Gavin se veían extraños sin las gafas. Se pasó una mano temblorosa por el pelo enredado.

–¿Por qué, Anna?

Ella se echó la mochila al hombro.

–Porque los edificios no necesitan protección; las personas sí.

–Dios mío –sacudió la cabeza con incredulidad, y de pronto le habló en tono frío–. Has cambiado.

–Lo sé –le sonrió con tristeza–. Adiós, Gavin.

Anna volvió hacia la carretera, sacó su móvil y marcó un número.

–¿*Monsieur* Ducasse? Soy Roseanna Delafield. Voy de camino a Niza a firmar el contrato.

Metió el móvil en el bolso y se dio la vuelta. Detrás de ella, por encima de las copas de los árboles, distinguió el pináculo de una torre.

–Adiós –susurró mientras una lágrima solitaria le resbalaba por la mejilla.

Echó a andar y se limpió la lágrima con impaciencia. Sabía que no estaba llorando por perder el *château*, sino por perder a Angelo.

Esa tarde Angelo llegó al despacho de los abogados del Marqués de Ifford. Su secretaria le había llamado a media mañana para comunicarle que sus abogados habían recibido confirmación de que los papeles de la venta del *château* se habían firmado.

Había ganado. Sin embargo, no se sintió victorioso. Aquélla era la consumación de una ambición de mucho tiempo, la culminación de doce años de cuidadosos planes. Había esperado que fundando un centro de investigación para niños con asma y combinándolo con un centro con tecnología punta para la investigación de otros problemas respiratorios pudiera finalmente encontrar la paz que tanta falta le hacía.

Suspiró y levantó la cabeza para fijar la vista en una recargada lámpara de araña con desesperación.

Era la misma historia de siempre. En cuanto tenía su objetivo al alcance de la mano, el conseguirlo no le proporcionaba ya ninguna satisfacción. Se suponía que eso era como un tributo a Lucía. Pero lo cierto era que nunca se había sentido tan vacío como entonces.

–¿*Signor* Emiliani? *Monsieur* Clermont lo recibirá ahora.

Angelo se puso de pie y siguió a la secretaria rubia y menuda hasta el despacho del abogado; se fijó en su espalda estrecha y en sus piernas largas, pero no sintió interés alguno.

¿Dónde estaría Anna en ese momento? Esa idea lo sorprendió y le causó dolor. No dejaba de pensar en su rostro, como si lo tuviera grabado en la mente, y se preguntó qué le estaría pasando para estar así.

–¿Se encuentra bien, *monsieur*?

Miró distraídamente al hombre que estaba al otro lado de la mesa. *Monsieur* Clermont lo miraba con una expresión ceñuda de preocupación, y Angelo se dio cuenta de que no se había enterado de lo que el otro le había dicho.

–Sí. Lo siento. Estoy cansado, nada más. Ha sido un trato difícil de cerrar.

La expresión rebelde del rostro de Anna y el desafío de su mirada apareció en el ojo de su mente.

Monsieur Clermont sonrió.

–Lo siento. *Lady* Delafield se disculpó cuando llegó esta mañana a firmar los papeles. Espero que ahora todo proceda sin contratiempos. ¿Si es tan amable de firmar en los sitios que le he indicado aquí...?

Maldijo en voz baja al leer el nombre impreso en el contrato. Entonces comprobó la picuda firma en tinta negra: *Roseanna Josephine Delafield*.

Así que ésa era la verdadera identidad de la misteriosa Anna Field.

Capítulo 11

Inglaterra. Un mes después

El viento frío soplaba por el patio de las caballerizas, levantando un remolino de hojas secas sobre los antiguos adoquines. El otoño se había adelantado ese año con una sucesión de días fríos y húmedos que concordaban a la perfección con el humor de Anna.

Le resultaba difícil soportarlos.

Cerró el establo con las manos heladas, suspiró y se apoyó brevemente contra la puerta. Se había pasado toda la tarde con un grupo de entusiastas niños de siete años de un colegio local, y les había enseñado a batir mantequilla y a hacer pan. El frío le había traspasado el fino algodón del atuendo de lechera victoriano, le había calado hasta los huesos y había alimentado la angustia que le atenazaba el corazón.

El entusiasmo de los niños había sido dulce y conmovedor, pero como todo lo demás desde que había vuelto de Francia, lo observaba más que sentirlo.

Siempre había odiado los días en los que Ifford estaba abierto al público, y recordaba la burla y el desprecio con los que había observado siempre las filas de turistas que habían visitado las frías y formales habitaciones y salones de mármol con sus filas de cuadros de ceñudos antepasados Delafield.

Los tiempos habían cambiado; ella había cambiado.

Le avergonzaba su anterior arrogancia. Se había creído tan liberal al rechazar todo lo que representaba su familia; pero en el fondo sólo había sido cobardía, y por negar su propio esnobismo.

La vida no era justa; no lo era. Estaba llena de tristeza, de explotación; de personas que se veían obligadas a representar un rígido papel, a personas reprimidas y limitadas.

¡Con qué facilidad las palabras de Angelo regresaban a ella! Si pudiera olvidarlas; olvidarse de él...

Al término de la visita de los niños había terminado la parte más movida del día, la actividad que la salvaba de tener que pensar demasiado, y en esas tranquilas horas de la tarde no había mucho que hacer salvo preparar la cena para el cada vez más débil apetito de su padre y prepararse para otra noche larga y tenebrosa.

Porque las noches eran lo peor. Durante las horas interminables no podía dejar de pensar en Angelo. Se preguntaba dónde estaría y, peor aún, con quién. A veces, aturdida ya después de horas y horas de dar vueltas en la cama, cansada y vencida por el desconsuelo que le provocaba el ser incapaz de concentrar sus pensamientos en otra cosa que no fuera él, se levantaba y se sentaba en el asiento que formaba la ventana de su dormitorio y se enfrentaba a sus miedos.

Tenía miedo de que estuviera en el yate con una preciosa rubia, de que los dos estuvieran disfrutando juntos, tomando champán, acostándose...

Y cuando llegaba a este punto, la fantasía masoquista daba paso al feliz recuerdo de su encuentro con Angelo en la playa, de lo que habían vivido en el yate y cuando se habían acostado juntos en la playa en St. Honoré, donde le había hecho llorar de placer...

Se abrazaba en la oscuridad y contemplaba la serena faz de la luna que colgaba bajo los castaños en el extremo del parque, y se preguntaba si él también la contemplaría en esos momentos. Y era entonces cuando se preguntaba si volvería a ser feliz en su vida.

La respuesta le parecía terriblemente obvia.

Se puso derecha bruscamente, se retiró el pelo que el viento le había pegado a la cara y volvió al cuarto de los arreos. Anna se había dado cuenta de que lo más horrible de sentirse tan desolada era que el mundo seguía andando. Los días llegaban, llenos de horas que había que ocupar con otras cosas aparte de llorar y ver películas en blanco y negro por las tardes.

Otra cosas aparte de pensar en la humillación, en la tristeza, en Angelo.

Anna tomó una montura y unas bridas y bajó la vista un instante con expresión vacilante hacia el vestido de lechera victoriana que aún llevaba puesto. Debería cambiarse, pero para hacerlo tendría que volver a entrar en casa, y entonces acabaría poniéndose a charlar con su padre y sin duda él le pediría que le preparara un té y al final se quedaría sin dar el paseo.

Abrió la puerta del compartimiento donde estaba el caballo castaño de su padre. Desde que había vuelto solía montarlo por la finca y el ejercicio frecuente se notaba en el brillo del pelaje del animal. Echó la cabeza hacia atrás, y Anna le colocó la montura rápidamente, deseosa de montarse.

Hasta que no salió al patio del establo no se dio cuenta de que no se había puesto el casco de montar.

¿Y qué más daba?, pensaba con desesperación mientras se subía al caballo con las faldas hinchadas como un globo. Su corazón ya estaba hecho pedazos; no estaba segura de que pudiera pasar nada más.

Alzó el mentón con valor, arreó el caballo y salió al paso del patio de las caballerizas.

Angelo descendió con el helicóptero, paseando la mirada por los campos y setos que parecían sacados de un cuadro por su perfección y colorido. El otoño inglés poseía algo particularmente bello. Aquél era el paisaje de Anna, pensaba con pesar; sin duda magnífico, pero también triste.

Cambió de marchas mientras describía círculos y ladeaba el aparato, buscando la casa. Pero si estaba contenta o triste, a él no le interesaba en absoluto; sólo estaba allí por un asunto práctico.

El último mes apenas había parado de trabajar, como para pensar en Anna. Tenía dos proyectos más iniciados, y seguramente se habría olvidado del todo de ella de no haber sido porque el capataz de la obra del *château* lo había llamado para preguntarle qué tenía que hacer con las cosas que había en el ático.

Esa misma tarde, después de pasar toda la mañana en su despacho de Roma, había vuelto con el helicóptero al *château* para ver las cosas del ático. La luz anaranjada del atardecer proyectaba nebulosos arcoíris sobre las majestuosas escaleras que subió de dos en dos mientras trataba de no pensar en cómo la había visto aquel primer día.

Había visto el vestido enseguida, colocado sobre un lavabo antiguo como si se lo hubiera quitado y lo hubiera dejado allí momentos antes. Cuando lo levantó de la palangana vio que era un vestido para una niña; un vestido de novia en pequeño, raído y enmohecido; para tirar.

Chasqueó la lengua, indignado consigo mismo; pero el ruido del helicóptero ahogó todos los demás. De todos modos, no podía tirarlo porque no era suyo, y por eso lo llevaba en la parte de atrás del helicóptero, envuelto en papel de seda y cuidadosamente guardado en una caja.

Al ver los verdes prados y los exuberantes bosques de Ifford Park, revivió en él la indignación que había sentido cuando había averiguado la verdadera identidad de Anna. La joven seria y vulnerable que recordaba del yate era una farsa. Ésa era Anna Field, alguien que no existía.

La persona que estaba a punto de ver era lady Roseanna Delafield, heredera, aristócrata y esnob. Una mujer pérfida y mentirosa.

Descendió un poco más, buscando con la mirada un lugar adecuado donde aterrizar. A la derecha estaba la imponente mansión, con su fachada de piedra y su pórtico, y algunos edificios anejos alrededor de un patio lateral. El amplio prado que había delante de la casa quedaba flanqueado por unos enormes sicomoros, con lo cual era imposible aterrizar allí; así que retrocedió y se apartó de los árboles para bajar de nuevo.

Al hacerlo se fijó de pronto en una silueta negra que salía a la velocidad del rayo de entre los árboles. Maldijo con agresividad en italiano al ver que era un caballo y un jinete.

Rodeó de nuevo la casa y volvió a descender, mientras buscaba con la mirada la figura de nuevo. La tensión de su rostro cedió cuando volvió a localizar el caballo que galopaba bajo los árboles a cierta distancia. Tardó un par de segundos más en darse cuenta con una sensación nauseabunda en el estómago de que el jinete ya no iba montado.

Aterrizó con precisión, y antes de que las aspas dejaran de moverse él ya había saltado del aparato y echado a correr por el prado hasta donde estaba la figura horriblemente inerte tirada en el suelo. Al acercarse se quedó pálido de preocupación.

¡No, por favor, Dios! Que no hubiera pasado nada...

Se arrodilló en la hierba húmeda y le retiró con mano temblorosa el cabello negro con mechones rosados que le tapaba la cara.

Era Anna.

El leve pulso que latía en su garganta le dijo que aún estaba viva.

Gracias a Dios.

Capítulo 12

ANGELO apretó los puños para no abrazar a Anna, para no tocarla. Estaba muy pálida, pero aparte de eso estaba igual... Aquélla era la misma cara que lo había visitado en sueños, en el duermevela de las noches de aquel último mes.

Gimió con desolación y se arrodilló junto a ella. Se sacó el móvil del bolsillo de la cazadora y marcó el número de emergencia con manos temblorosas.

–¿Qué...?

Anna entreabrió los ojos un poco, pero lo suficiente para ver la cara borrosa que bailaba delante de ella como un fiero ángel de la guarda. Era como la cara de Angelo, pero no podía ser porque él estaba en Italia, o en Francia... haciéndole el amor a alguna preciosa rubia... y Angelo tenía los ojos de mirada fría, en cambio los que tenía delante parecían arder de...

¡No!

Anna trató de incorporarse, sabiendo que cuando uno veía ángeles y sentía amor, ello significaba que iba a morir.

¡No, no!

Los brazos del extraño la sujetaron con suavidad, haciendo una leve presión para que volviera a tumbarse. Entonces fue la voz de Angelo la que oyó murmurar, el olor de Angelo el que aspiró y el calor de Angelo lo que sintió en su mejilla fría.

Sintió las lágrimas que le ardían bajo los párpados

cerrados, mientras dejaba de forcejear y se relajaba entre sus brazos.

–Anna. *Gesù*... ¿Anna?

Le agarró la cara con las dos manos y entonces, milagrosamente, le rozó los labios con los suyos. Anna gimió de deseo mientras alzaba la cara y empezaba a besarlo con avidez en los labios, con todo el deseo desesperado del último mes. Sin poderlo remediar le echó los brazos al cuello y continuó besándolo ardientemente, como si sus besos le devolvieran las fuerzas.

–¡Anna, basta! –le dijo en tono ronco–. Podrías estar herida.

Se apartó de ella para mirarla a la cara. Aparte de la palidez y de estar un poco ojerosa, le pareció que estaba bien.

–Tengo que llamar una ambulancia. Por favor, hasta entonces, no te muevas.

–Estoy bien.

De pronto se dio cuenta de que el escote del ridículo vestido de granjera se le había bajado con la caída y que se le salía medio pecho. Se tiró del vestido sin mucho éxito, agradecida al menos de que todavía no se le hubiera quitado el moreno. Soltó una risilla, diciéndose que no podía estar a las puertas de la muerte si estaba pensando en lo que se le veía por el escote.

Consiguió sentarse y empezó a flexionar los brazos y las piernas tímidamente.

–Mira. No me he hecho daño.

Frunció el ceño al ver que una especie de nube empezaba a oscurecer su cabello rubio, concentrando la luz a su alrededor como un halo. De pronto se sintió muy, muy cansada.

–Angelo, estás aquí, ¿verdad? Dime que no te he imaginado, que no me voy a despertar para ver que esto no ha sido más que un sueño maravilloso y cruel. Porque si es así, no creo que pueda soportarlo...

Afortunadamente Angelo se dio cuenta de que perdía el conocimiento y la sujetó antes de que se diera contra el suelo.

–Ha sufrido una mera contusión.

Angelo se puso de pie cuando el doctor entró en el salón. Había encendido la chimenea con las pocas ramitas que había encontrado, y finalmente había conseguido que prendiera una llama prometedora. Sin embargo, allí dentro hacía casi más frío que fuera.

–No es nada serio –continuó el joven doctor–, pero quiero que la vigile durante las veinticuatro horas siguientes. Si pierde el conocimiento de nuevo, o la viera confusa, tuviera vómitos o se sintiera preocupado, por favor, no dude en avisarme, señor...

–Estoy preocupado ya, ahora mismo –soltó Angelo en tono brusco, ignorando la cortesía–. Creo que debería llevarla al hospital.

El médico se colocó las gafas nerviosamente.

–Le aseguro que en el hospital no podrán hacer nada más salvo dejarla descansar, y aquí estará muchísimo más cómoda. Entiendo su preocupación, ha sido una mala caída; pero ha tenido muchísima suerte. No hay señal alguna de hemorragia interna; la he examinado a fondo. Ahora mismo está medio adormilada, pero vaya a verla cada hora, más o menos. Aprovechando que estoy aquí voy a pasar a ver a sir William, a ver cómo está y a informarle de la situación, si a usted le parece bien.

Angelo asintió con gesto seco, se volvió hacia la chimenea y estiró las manos sobre las débiles llamas.

El médico abrió la puerta para marcharse, pero vaciló un momento antes de volverse a mirar al imponente extraño. Era tan apuesto que intimidaba y el hombre exudaba poder y riqueza, pero la angustia de su mirada tenía un toque muy conmovedor.

–Se recuperará, confíe en mi palabra –le dijo.

El doctor Adams esbozó una sonrisa pesarosa mientras avanzaba por el oscuro pasillo hasta la biblioteca donde sabía que encontraría a sir William. Quienquiera que fuera ese hombre, estaba claramente enamorado de Roseanna Delafield. Con ella, desde luego, tenía bastante.

Qué tipo con suerte.

Angelo llamó suavemente a la pesada puerta de roble de la habitación de Anna, y al no oír respuesta entró directamente.

Madre di Dio, allí arriba hacía aún más frío; no era de extrañar que él estuviera temblando. Anna parecía una niña de doce años, allí tumbada en la enorme cama con dosel con sus cortinas de terciopelo burdeos comidas por las polillas. Angelo contempló con pesar su rostro pálido como el de la porcelana, en contraste con su pelo negro. Estaba más delgada que hacía un mes, y eso le angustió.

La hora que había pasado desde que la había subido al dormitorio se le había hecho muy larga. Anna había recuperado el conocimiento, pero sólo había estado confusa y adormilada, y él había tenido que sujetarla para poder desvestirla. En un momento del proceso, a Anna se le había caído la cabeza hacia un lado; él se la había sujetado con ternura, temblando al notar su fragilidad.

Había sido entonces cuando se había visto entre la espada y la pared. No había dónde escapar. No tenía nada con qué defenderse de las emociones que irrumpían en él.

Le había quitado el corpiño y la había tumbado en

la cama para poder buscar algo con qué taparla. Al meter la mano por debajo de la almohada había tocado algo y supuso que sería su camisón.

Era su camisa; la que él se había puesto en Villa Santa Domitila.

Acercó una silla a la cama de Anna y se sentó. Hasta entonces había tratado las emociones cortándolas de raíz: distrayéndose con el proyecto siguiente, con la jugada de cartas siguiente, con la rubia siguiente. Había pensado que para entonces ya se le habría secado el corazón.

Al descubrir que no había sido así, que en realidad era susceptible de enamorarse de alguien, debería haber sentido un gran alivio. Habría sido en realidad un gran alivio de no haber sido tan terriblemente doloroso.

–Anna, *dolce amore,* abre los ojos, hazlo por mí, por favor.

Ella murmuró algo y se movió ligeramente, sus párpados temblaron como las alas de una mariposa, sobre sus mejillas azuladas. Entre los párpados entreabiertos vio el brillo de sus ojos oscuros, y empezó a respirar con tranquilidad. Anna estaba bien.

–Voy a prepararte una taza de té.

Ella frunció el ceño y se llevó una mano a la sien. Angelo le tomó la mano, tratando de no mostrar su angustia mientras palpaba su mano huesuda.

–Duérmete otro rato.

–Pero... mi padre. Tengo que...

–No te preocupes por nada. Yo me encargo.

Sabía que su voz era dura, fría, pero no quería que ella se diera cuenta de su miedo.

Volvió la cabeza cuando notó que se le resbalaba una lágrima por la mejilla.

–Lo siento, Angelo.

Él suspiró.

–No seas tonta. Ahora, dime dónde está tu padre y duérmete otro rato.

–En la biblioteca.

–Buena chica.

–¿Sir William?

El hombre estaba sentado en la oscuridad del crepúsculo, mirando por la ventana, cerca de la chimenea, donde las débiles ascuas de una lumbre relumbraban tras la rejilla, pero levantó la vista para mirar a Angelo.

Éste se acercó al hombre y le tendió la mano para saludarlo.

–Soy Angelo Emiliani. Por favor, no se levante.

Sir William se recostó agradecido en el asiento. Tenía la mano delgada, pero sorprendentemente fuerte, y los ojos que miraron a Angelo le parecieron brillantes e inteligentes.

–Así que usted es el que compró el *château*. Espero que no haya venido a decirme que quiere que le devuelva el dinero; porque me temo que es demasiado tarde para eso, que se lo ha llevado todo el cobrador de impuestos. ¿Ha visto a Rose?

–¿Rose? –por un momento Angelo estaba confuso.

–Sí. El médico me dijo que ha tenido una caída.

–¡Oh, Anna! Está dormida.

Sir William se echó a reír.

–Menuda camaleón está hecha. ¿Sabe? Un verano tuvo dos novios a la vez, fingiendo todo el tiempo que tenía una hermana gemela. Yo no era capaz de seguirle el ritmo.

Angelo sonrió con tristeza.

–Creo que a mí me pasa lo mismo.

El viejo se puso de pronto triste.

–Lisette la entendía. Qué tragedia su muerte; para Roseanna y para mí.

Sir William levantó la vista hacia un el retrato de una bella mujer rubia que estaba sobre la chimenea. Llevaba un ceñido vestido de noche rojo; el pintor había captado a la perfección el tono dorado de su piel, que parecía dar luz a la oscura habitación. Angelo se metió las manos en los bolsillos y miró el retrato. Sintió algo extraño.

–¿Es la madre de Anna?

No se parecía en nada a Anna. Era elegante, fría y poseía un aire de mírame y no me toques que le hizo estremecerse. La vitalidad y la pasión de Anna le parecieron en comparación más valientes y especiales.

–Bueno, no ha venido aquí a saber nada de la historia de la familia. ¿Qué desea, joven?

–He venido a devolver algunas cosas que se quedaron en el *château*. Había algunas fotos y cartas en el ático.

Sir William resopló.

–Un buen detalle por su parte, pero podría haberse ahorrado la molestia. Allí no hay nada que me interese. Jamás me gustó ese lugar, la verdad; si podía evitarlo, no iba –de pronto se alteró visiblemente–. ¿Ha dicho cartas? ¿Fotografías? Será mejor deshacerse de ellas; es mejor no menearlo.

–Por supuesto –respondió Angelo con una cortesía impecable.

La reacción del hombre le pareció extraña.

–¿Cree que Anna querría conservar algo de ello, si pertenecía a su madre...?

Sir William levantó la cabeza, con la mirada apasionada.

–¡No! No quiero que le enseñe nada a Anna, ¿me ha oído? Es privado, personal. Todo pasó hace mucho tiempo. Ya ha sufrido bastante; si se entera de todo lo demás, va a sufrir innecesariamente.

–¿Si se entera de qué?

De momento Angelo pensó que el viejo no le había oído, o que prefería no responder; pero entonces habló.

–De lo del bebé. Lisette... –empezó a decir en tono afligido–. Fue el verano que nos prometimos. Ella era joven, la verdad, demasiado joven para un solterón entrado en años como yo; pero sus padres querían que nos casáramos. Por el título, ¿sabe? Bueno, pues, el verano que volvió a Belle Eden para planear la boda conoció a un hombre –soltó una risotada llena de amargura–. Sus padres no querían saber nada del asunto, y le prohibieron verlo. Pero el mal ya estaba hecho, ¿me comprende?

Angelo se fijó en la joven del retrato.

–¿Se quedó embarazada?

Sir William asintió imperceptiblemente.

–Pero Roseanna no lo sabe. Cuando Lisette estaba viva, Roseanna era demasiado pequeña para entenderlo; y ahora... Bueno, creo que sólo empeoraría las cosas. Ella no debe ver esas cartas, ¿me comprende?

Angelo vio la angustia en el rostro del hombre y sintió lástima.

–Le comprendo. Ahora, si me excusa, he venido para prepararle una taza de té a Anna. ¿Le apetece una a usted?

–¿Qué? –el hombre parecía perdido en su mundo–. Oh, sí, sí... La cocina está por el pasillo a la izquierda. Me temo que está un podo desordenada; la señora Haskett vendrá por la mañana.

Angelo llegó a la puerta y se volvió.

–¿Si no le importa que le pregunte, puede decirme qué fue del bebé?

Sir William lo miró con vaguedad, como si tratara de recordar.

–¿Mmm? ¿El bebé? Supongo que sería adoptado.

Angelo asintió pensativamente y abrió la puerta. Al instante una corriente de aire frío lo envolvió y lo acompañó por cl pasillo como un fantasma, hasta que llegó a la cocina mal iluminada.

Decir que la cocina estaba desordenada era decir poco. Además, estaba bastante sucia.

Mientras encendía la antigua cocina de gas para poner el hervidor al fuego, Angelo sintió la tentación de subir y llevarse a Anna de allí para poder cuidar bien de ella en un lugar moderno y confortable.

Apoyado sobre la barandilla de la cocinilla, agachó la cabeza con frustración entre las manos mientras esperaba a que hirviera el agua. La realidad era que no podía hacer nada. Sintió impotencia, una sensación nueva y desagradable para él.

Se frotó la frente con los dedos fríos y pensó en la conversación que acababa de mantener con el padre de Anna.

–*Adoptado, supongo...*

Lo había dicho como si fuera algo tan insignificante, que Angelo sintió una oleada de desprecio.

Para los de su clase, sin duda lo sería. Sólo le confirmaba lo que siempre había sospechado de los aristócratas. Un bebé sin linaje, sin nombre, no era nada.

Torpemente, sintiéndose torpe y desorientada, Anna bajó las escaleras. El doctor Adam le había dado algo para el dolor de cabeza y de costillas, pero que también la había dejado aturdida.

Seguramente se habría imaginado también que Angelo estaba allí en su casa, preparando el té en la cocina; o que la había subido en brazos al dormitorio. Sintió que le salían los colores al recordar que él había encontrado su camisa debajo de la almohada. Llevaba durmiendo con esa prenda desde que lo había dejado en St. Honorat.

Aspiró hondo al final de las escaleras y avanzó por el pasillo hasta la puerta de la cocina. Él estaba de pie, apoyado sobre la barandilla de la cocina, con la cabeza gacha y una expresión de desesperación total.

Anna miró a su alrededor y entendió la reacción de Angelo. Comparada con la limpieza y perfección del yate, aquello le parecería sin duda un basurero.

Estaba a punto de darse la vuelta y marcharse cuando él levantó la cabeza.

–Anna, no deberías estar levantada. Voy a llevarte una taza de té.

–Estoy bien, de verdad –Anna intentó sonreír–. Yo puedo hacer el té; y debería llevarle una taza a mi padre. Se estará preguntando qué me ha pasado.

–Lo tengo todo controlado. Deja de preocuparte.

Ella se dio la vuelta.

–¿Has visto a mi padre?

–Sí, y me ha dado el número de la señora Haskett. La he llamado y le he pedido que venga por la mañana y que traiga comida.

El tono duro e impaciente de Angelo la llenó de desesperación. Tal vez él lo notara, porque al momento lo suavizó.

–De verdad, no debes preocuparte por nada, Anna.

Por supuesto que no. La limpieza estaba organizada, y la señora Haskett llevaría comida. Entonces sólo quedaba pendiente el embarazoso detalle de que ella estaba enamorada de él de la cabeza a los pies.

Asintió con torpeza y bajó la vista.

–Gracias –susurró–. Hay tal desorden.

Él suspiró pesadamente, y al instante Anna sintió el delicioso peso de sus manos cálidas en sus hombros.

–Vuelve a la cama, yo te subo el té. ¿Hay algo de comer en esta casa, aparte de comida de gato?

Anna se puso colorada.

–He estado tan ocupada con los colegios que no he tenido tiempo de hacer la compra.

Ni la inclinación. Desde que había vuelto había perdido todo interés por la comida. Se había alimentado de cereales y las horrorosas sopas de sobre que le gustaban a su padre. Los langostinos y las aceitunas de St. Honorat habían quedado muy lejos ya.

–¿Colegios? Supongo que eso explica el traje tan raro que llevabas esta tarde, ¿verdad?

Ella asintió, y de pronto se le ocurrió algo.

–¡El pan! Hicimos pan... y mantequilla. Está fuera, en el establo; iré por ello.

–¡No! Tú vuelve a la cama. Yo iré por ello, y como no estés en la cama cuando vuelvas, verás.

Cuando subía las escaleras, Anna lo hacía con el corazón encogido. Angelo estaba allí, y se comportaba con ella maravillosamente. ¿Pero si aquello era todo lo que había soñado, porque no estaba loca de alegría?

Muy fácil; porque sentía que lo había atrapado. Estaba claro que Angelo se sentía culpable por el accidente, y por eso no querría marcharse hasta asegurarse de que ella estaba bien. Estaba segura de que el médico así se lo habría indicado, y por eso tenía que estar allí hasta que ella estuviera lo suficientemente bien para quedarse sola.

¿Veinticuatro horas tal vez? No era mucho, pero era lo único que le quedaba; tal vez para tirar de ello toda la vida.

Regresó en veinte minutos con una bandeja en la mano. Cerró la puerta de la habitación con el pie para que no entrara la corriente que recorría los pasillos de la casa.

Anna se sentó en la cama y sonrió con valentía. No

quería llorar ni mostrar su debilidad hacia él, pero al verle acercarse el corazón le dio un vuelco.

En la oscuridad del viejo dormitorio, de pronto le pareció más bello que nunca. Sin saber por qué le recordó de pronto a su madre. Tal vez fuera su belleza, o tal vez el que, aunque fuera brevemente, estaba cuidando de ella.

–Bueno –dijo él mientras dejaba la bandeja sobre la mesa y se sentaba a su lado–. Tengo que reconocer que eres la primera bailarina de barra, aristócrata y activista medioambiental que he conocido y que además sabe hacer un pan muy bueno. Estás llena de sorpresas, lady Delafield.

Anna sonrió débilmente.

–Lo intento. Detestaría ser igual a las demás bailarinas de columna, aristócratas y activistas medioambientales del mundo.

Él soltó una breve risita que Anna interpretó como señal de aburrimiento.

–He encontrado un poco de sopa. Sabe Dios cómo sabrá, pero tienes que comer algo. Estás demasiado delgada –le llevó la cuchara a los labios y ella abrió la boca, mientras lo miraba a los ojos.

En la habitación silenciosa, sólo se oían los latidos de su corazón. Estaba todo tan oscuro que era imposible distinguir la expresión en su rostro.

–¿Por qué no me dijiste quién eras cuando estábamos en el yate? –le preguntó mientras le partía un pedazo de pan.

Ella se recostó sobre la almohada y suspiró.

–¿Te acuerdas de que me acusaste de hacer suposiciones?

Él asintió.

–Bueno, pues tenías razón. Eso fue lo que hice. Pero creo que es porque es lo que he visto a mi alrededor toda la vida. Lady Roseanna Delafield, hija de un marqués;

rica y consentida, criada en el lujo con un batallón de criados a su servicio. Eso es lo que la gente supone siempre; y, como has visto, no siempre es así.

Vaciló porque no sabía cómo enfrentarse en voz alta a sus viejos miedos, a su vergüenza secreta.

—Sigue, Anna —le instó él en tono seco.

—Éste no es mi sitio. Me enteré...

Vaciló de nuevo, mientras contemplaba la silueta de su perfil recortada en la ventana: Angelo parecía tan distante, que al pronto se imaginó al niño solitario en el orfanato. No estaba dispuesta a quejarse de sentirse aislada, o de su falta de identidad; sobre todo a él, que no poseía ninguna de las bendiciones que ella había recibido, como unos padres cariñosos que habían estado dispuestos a tratarla como si fuera suya.

—No sé —terminó de decir débilmente—. Supongo que nunca me han gustado las etiquetas; y me he pasado la vida tratando de evitar todo eso.

—¿Huyendo?

—A lo mejor a veces, sí, pero también escondiéndome tras diferentes personalidades, como la de la rebelde, o la de la activista, o la de la disciplinada bailarina; todo ello para distraer a los demás del hecho de que, en el fondo, no sé quién soy, y eso me avergüenza.

Era lo máximo que le diría. Se miraron, ella suplicándole con la mirada que la entendiera.

—No te avergüences.

La tensión del deseo latía entre sus piernas, y al mismo tiempo el dolor le atenazaba la garganta. Dos gruesos lagrimones se resbalaron por sus mejillas.

Angelo dejó la cuchara en el cuenco y muy despacio le sujetó la cara y con la otra mano le limpió las lágrimas. Pensó que iba a estallar del esfuerzo sobrehumano que estaba haciendo para no besarla, para no arrancarle la camisa que llevaba puesta.

Y así le echó el brazo por los hombros para conso-

larla y la acurrucó sobre su pecho. Poco a poco, Anna
dejó de llorar y se tranquilizó.

Cuando Angelo notó que Anna se había quedado
dormida, la luna se alzaba ya sobre las copas de los árboles. Contempló la esfera plateada, pensando en su
recién descubierto sentimiento.

Desde que había conocido a la niña, a Lucía, no se
había acercado tanto a nadie salvo para practicar el
sexo. Sin embargo allí estaba, abrazando a esa chica,
besándole en el pelo.

Le dio un último beso en la cabeza y la tumbó despacio sobre la almohada.

Cuando se quedó dormido, sintió un levísimo rayo
de esperanza que avivó las cenizas de su corazón.

–¿Angelo?

Él abrió los ojos; aún estaba oscuro.

–Estoy aquí. ¿Qué pasa? ¿Estás bien?

Había soñado con Lucía y se había despertado con
aquella consabida sensación de pánico.

–Estoy bien...

Angelo sintió que ella le abrazaba la cintura, antes
de moverse y arrodillarse delante de él.

–Estabas hablando en sueños –dijo ella en voz baja–.
Decías cosas de Lucía.

Él suspiró cansinamente.

–Lo siento. Es un sueño recurrente.

–Sé lo que dijiste en el yate, que nunca duermes
con nadie... y pensé que podría ser por eso y... No quería obligarte a algo que no quisieras... –aspiró hondo–.
Sólo quería que supieras que puedes dormir en el
cuarto de invitados, si lo prefieres.

–¿Quieres que me vaya ahí?

Como estaba todo oscuro, Angelo no veía nada, pero
al momento sintió que ella lo besaba y sacudía la cabeza.

–¿Pero, por favor, si te quedas, quieres desvestirte?

Empezó a desabrocharle la camisa, pero Angelo le sujetó las manos.

–No puedo, Anna; tienes contusiones, por amor de Dios, y no soy tan canalla como para acostarme contigo esta noche y hacerte el amor.

Ella suspiró y se tumbó de espaldas a su lado. A la tenue luz grisácea de la aurora Angelo distinguió la silueta de sus pechos, e inmediatamente sintió el fuego del deseo corriéndole por las venas.

Todo su cuerpo le pedía a gritos satisfacer sus deseos, tocarla, besarla y hacerle el amor; pero él no se movió.

En los últimos doce años su vida había sido una sucesión de gratificaciones constantes, tanto en los negocios, como en el placer; y todo había sido tomar sin dar. Pero cuando la luz gris amarillenta de la mañana se filtraba por los cristales de la vieja ventana, Angelo esbozó una sonrisa triunfal. Por primera vez en su vida había conseguido contenerse; había sentido la necesidad, el deseo, y se había resistido.

Eso, se dijo, era amor.

Capítulo 13

CUANDO Angelo se despertó era de día, y a su lado la cama estaba vacía. Había dormido muy bien, y por primera vez que él recordara se sentía bien consigo mismo. No recordaba cuándo había sido la última vez que nada más levantarse no tuviera la cabeza llena de objetivos e imperativos que llevar a cabo ese día. No sentía la necesidad de levantarse de la cama para aprovecharse de la primera ventaja del día, de superar al adversario o de ser el primero en cerrar un trato.

De hecho, estando allí Anna con él, no pensaba levantarse de la cama ese día.

En ese momento se abrió la puerta y ella apareció. Al verla, Angelo sintió que se excitaba, la fuerza instantánea de su miembro viril. Desde que había perdido la virginidad a los dieciséis años con la aburrida esposa de un magnate que le doblaba la edad, había practicado el sexo con las mujeres con arte, pero también sin emoción. Pero aquello, aquella erección que le encogía el corazón, era algo que jamás había experimentado.

Anna entró con dos tazas de café, una en cada mano, y se acercó a la cama.

—¿Te parece un sacrilegio ofrecerle un café instantáneo a un italiano?

—Bueno, si eres tú la que lo ofrece... ¿Qué tal te encuentras esta mañana?

Ella le sonrió con picardía, pero había en su mirada un rastro de incertidumbre.

–Frustrada.

Él dio un sorbo del café aguado, esperando que la cafeína calmara otras fuertes sensaciones.

–Anna, lo digo en serio, me refiero a la cabeza.

Ella le quitó la taza de la mano y la dejó sobre la mesita polvorienta, antes de sentarse sobre él.

–La cabeza está bien –le dijo despacio–, sin embargo –le tomó una mano y se la metió por debajo del suéter–, me preocupa un poco mi corazón, doctor.

Angelo aspiró con fuerza al sentir su pecho cálido y los latidos acelerados de su corazón. Se incorporó despacio y la tumbó a su lado en al cama; entonces corrió las cortinas de uno de los lados.

–En ese caso, será mejor que la examine. Quítese la ropa, por favor...

Anna se desnudó sin bajar de la cama, mientras Angelo trataba de echar las cortinas lo más rápidamente posible. Cuando se quitó el suéter de lana, sintió las manos de Angelo acariciándole el cuerpo y los pechos, los brazos, hasta que terminó de quitarle el suéter.

–Eres preciosa.

Angelo emitió un gemido ronco y primitivo, expresión de su deseo, debatiéndose entre querer que aquel momento no terminara nunca y la necesidad de estar dentro de ella, de sentirla en ese mismo instante.

Ella terminó de echar la cortina, de modo que el pequeño espacio quedó sumido en la oscuridad, le desabrochó los pantalones y se los bajó.

Angelo estaba perdido, latiendo de deseo, sintiendo cada caricia, cada gesto, como si fuera la primera vez.

Anna deslizó las palmas de sus manos por su estómago plano, deleitándose al ver el temblor de su cuerpo con sus caricias. La oscuridad los envolvía totalmente, pero su mente estaba llena de imágenes de él. Sintió sus dedos acariciándole los hombros, deslizándose con movimientos lánguidos por su espalda.

No había prisa, ni urgencia en su oscuro paraíso, y cada movimiento, cada caricia, estaban repletos del placer del momento.

Muy despacio, él la tumbó sobre la cama y empezó a besarla desde arriba, bajando lentamente; y sólo cuando la boca de Angelo acarició sus muslos mojados, ella gritó, a punto de alcanzar el orgasmo, y sintió que él se apartaba.

–Angelo, por favor...

–Espera... –susurró antes de agacharse rápidamente adonde había dejado los pantalones y de buscar con urgencia en los bolsillos un preservativo–. ¡No!

–No me importa. Por favor...

Anna la agarró las caderas y tiró de él, lo abrazó con sus piernas y guió su miembro a su entrepierna. Ella subió las caderas para aceptarlo todo dentro de ella, y el pasado, el futuro y todo lo demás quedó borrado en la pura perfección del momento presente.

Estaba entre sus brazos, debajo de él, a su lado, y su aroma delicioso, intenso, lo envolvía por completo. El placer se prolongó y estremeció hasta que entre convulsiones de gozo y sin dejar de penetrarla, vació en ella su satisfacción. En el momento de alcanzar las cimas del éxtasis, los suaves e intensos gemidos de Anna al oído fueron para él como música celestial.

Permanecieron un rato abrazados; Angelo pensando en las consecuencias y en las implicaciones de lo que acababan de hacer. Jamás había practicado el sexo sin protección. Parecía que Anna había derribado esa barrera y todas las demás que él había levantado para apartarse del resto del mundo.

Cuando Angelo notó que no estaba dormida, abrió un poco la cortina y un rayo de luz penetró en su cálida cueva.

–¡No...! –Anna se volvió y enterró la cara en su pecho–. ¡Demasiada luz!

–Quiero verte –dijo él mientras le retiraba el pelo de la cara con dulzura–. ¿Estás bien? ¿Te duele la cabeza?

–No, gracias, doctor –ella le sonrió provocativamente–. Pero de pronto tengo hambre.

Angelo disfrutó viendo su cuerpo desnudo cuando ella se puso de rodillas y se estiró para llegar hasta el cabecero de madera tallada de la cama.

–Aquí están... –se sentó en la cama a su lado con una expresión de triunfo mientras le plantaba delante un paquete de galletas.

–¿De dónde han salido esas galletas? –preguntó Angelo muy sorprendido.

–De un armario secreto... Mira.

Se arrodilló otra vez, y Angelo vio que deslizaba uno de los paneles de madera del cabecero.

–Éste es una reproducción victoriana, pero durante el siglo XVI los católicos lo utilizaban para guardar sus biblias.

–¿Y qué otras cosas guardas en el armario, aparte de galletas?

Ella se encogió de hombros, tímida de pronto.

–Cosas especiales –se estiró y sacó una cajita del escondite; entonces se sentó a su lado y colocó la cajita sobre su rodilla–. Tengo incluso unas flores secas de lavanda del jardín del castillo, pero mira, será mejor que las tire –ladeó un poco la caja y las flores secas se le cayeron en la mano, junto con algunas cosas más.

Angelo le miró la palma de la mano, justo antes de que ella cerrara el puño, y sintió que se le paraba el corazón.

–¿Qué tienes ahí? –consiguió pronunciar, aunque tenía la garganta áspera como la lija.

–Ah... esto es lo más valioso de todo... –sonrió y abrió la mano.

En la palma de su mano, junto con una concha rosada que él le había regalado en St. Honorat, había también un pendiente de rubí y diamante. Un pendiente exacto al que alguien le había metido en la mantilla cuando lo habían entregado a las monjas.

—Es una pieza única —estaba diciendo ella en tono burlón—, que los hombres italianos que no saben expresar sus sentimientos le dan a sus amadas para decirles «te amo».

—No me refiero a la concha... sino al pendiente.

—Ah, a eso —Anna se quedó un poco decepcionada—. No es un pendiente, es un colgante.

Él sintió alivio.

—Aunque... bueno, es un poco extraño que digas eso, porque antes era un pendiente; pero el otro se perdió, y mi madre mandó que hicieran un colgante para mí. Lo heredó de su madre, y fue muy sonado cuando el otro se perdió. Tiene mucho valor, eso sí que lo sé.

«Cartier, 1922», pensaba Angelo.

—Sin embargo, esto... —dijo Anna rozando levemente la superficie rosada de la concha con el dedo—. *Esto* tiene precio...

Angelo se puso de pie, esperando a que se le pasaran las náuseas y a aclararse un poco, y se acercó a la puerta. No sabía adónde iba, sólo que necesitaba distanciarse un poco de Anna.

—¿Angelo?

La voz de Anna tembló de miedo, un miedo que se le clavaba en el corazón. Angelo apretó los dientes y con gran esfuerzo se volvió hacia ella; pero sólo fue capaz de asentir, desesperado por no mostrar sus sentimientos.

—¿Qué te pasa?

Él negó con la cabeza, y entonces salió del cuarto en silencio.

Anna estaba a la ventana, mirando los familiares

prados sin verlos. Le dolía la cabeza de tanto recriminarse sin cesar.

Le había hablado de amor, y había metido la pata.

La intimidad que habían compartido, que él se hubiera quedado a dormir en la cama con ella, era lo que la había engañado.

En su desolación, apoyó las palmas de las manos sobre el cristal de la ventana y observó el reflejo de sus ojos, oscuros y obsesivos. De pronto se oyó el clic de la puerta a sus espaldas, y se dio la vuelta para encontrarse con Angelo. Estaba vestido, y parecía listo para marcharse.

–¿Te marchas?

Él apenas la miró al contestar.

–Sí. Tengo reuniones esta tarde. Debería haberme marchado anoche.

–Lo siento –dijo ella en tono débil–. Ha sido culpa mía.

Él suspiró con impaciencia.

–No seas tonta; ha sido inevitable –miraba inquieto a su alrededor, como si se muriera por salir de allí.

–Angelo... –empezó a decir con desesperación, echándose a llorar–. Lo siento mucho, de verdad, lo siento muchísimo. Ha sido una estupidez decir eso, pero no iba en serio; sé que no tendría que haber...

Él hizo un ademán despreciativo.

–Mira, Anna. No importa lo que hayas dicho. Esto no iba a llegar a nada, ¿no crees? –soltó una risita, como si la idea de estar juntos fuera de lo más ridícula–. Creo que acabo de darme cuenta de que todo ha ido un poco lejos. No debería haberte dado alas como te he dado. No soy el hombre adecuado para ti.

–¡Eso no es cierto! –exclamó mientras se retorcía las manos hasta que le dolieron los huesos.

–¡*Escúchame!* –rugió él–. No eres la mujer adecuada para mí. No va a pasar nada, Anna. Yo tengo...

tengo mi vida, y otros compromisos... Hice mal al quedarme aquí anoche...

Casi se le quebró la voz. *Gesù, Gesù...*, tenía que ser fuerte.

–¿Otros compromisos? –su rostro era una máscara de dolor–. ¿Quieres decir que tienes otra persona?

–Lo siento –dijo sin emoción–. Es mejor que me marche. Por favor, no bajes.

Angelo se marchó.

En el piso inferior, pasó delante de la biblioteca donde había hablado con el padre de Anna la noche anterior. Esa mañana, el cuarto estaba vacío, la chimenea apagada, pero el retrato sobre la repisa seguía tan cálido y brillante como lo recordaba.

Eso era lo que le había llamado la atención, los pendientes. En el dibujo no eran más que una pequeña pincelada roja y blanca, que en ese momento reconoció con claridad; al igual que reconocía aquellos ojos que le sonreía, los ojos del retrato de Lisette Delafield, porque eran también los suyos.

Apenas pudo hacer las comprobaciones previas al vuelo, de lo distraído que estaba pensando que Anna estaría asomada a una de las ventanas de la enorme y abandonada mansión.

De pronto la imaginó como una princesa abandonada a su suerte, a su destino. Maldita. Maldita por culpa de él.

Toda la paz que había sentido esa noche lo abandonó. Ya no había esperanza para él; porque ella había sido su única oportunidad de salvarse.

Ya no había nada que se interpusiera entre él y una eternidad de soledad. El fuego del infierno le parecía sugerente en comparación.

Capítulo 14

ANNA abandonó el calor del elegante despacho de Fliss en las oficinas de Arundel Ducasse de Londres y se subió el cuello del abrigo y bajó la cabeza para resguardarse del viento frío.

Fliss intentaba con mucha valentía y cariño recordarle que su vida no había terminado pero, a pesar de sus esfuerzos, Anna no estaba del todo convencida. Cansada de dejar mensajes en el buzón de voz de Anna, Fliss se había presentado en Ifford un sábado por la mañana y la había convencido para que se marchara una temporada con ella a su apartamento de Londres. Después, conseguirle un trabajo de media jornada en una de las mantequerías de moda de la zona e incluso conseguir que comiera regularmente, había sido relativamente fácil.

Anna se había dejado llevar.

Pero recientemente, incluso esa sumisión insensible se había roto al recibir dos cartas, reenviadas desde Ifford, de los abogados de Angelo.

Había sido el tono frío e impersonal lo que más la había molestado.

Nuestro cliente siente la ruptura de la relación entre él y lady Roseanna Delafield, pero requiere información por parte de un profesional de la medicina de que lady Delafield no haya concebido un hijo como resultado de dicha relación. Sentimos la naturaleza sen-

sible y personal de esta misiva, pero apreciaríamos su cooperación.

El mensaje final estaba claro: Angelo Emiliani quería poder cortar para siempre con ella. Incluso pensar en ello le desgarraba el corazón.

Como iba con la cabeza agachada, no vio la cara de la persona con quien se chocó en la calle; sólo sus zapatos de diseño.

–Lo siento, no iba...

–¿Pero... ? ¡*Gesù*, Anna...!

Ella retrocedió, algo sofocada por la fuerza del golpe con aquel extraño rubio y alto de traje oscuro; salvo que no era ningún extraño.

–Necesito hablar contigo –le dijo Angelo apretando los dientes, como si estuviera a punto de estallar–. Así que ni se te ocurra salir corriendo...

–¿Cómo? ¿Como hiciste *tú* en Ifford?

Él consiguió sonreír con ironía.

–Ya me disculpé por eso en su momento. Y te lo expliqué. Estoy seguro de que podemos comportarnos como dos adultos.

–Ah, entiendo –dijo Anna mirando el suelo–. De eso va la carta del abogado, ¿no? Así es como se comportan los adultos, ¿no? Qué tonta e inmadura soy, desde luego.

–No has contestado.

Ella lo miró. Angelo parecía más cansado, más duro; pero seguía siendo tan apuesto...

–No, Angelo, no lo he hecho. Y creo que es justo advertirte de que no voy a hacerlo.

–Necesito una respuesta, Anna.

–¿Por qué? –le soltó ella con rabia, retrocediendo un poco más–. ¿Porque necesitas controlar? Pues deja que te diga que perdiste tu derecho a ello la mañana que me dejaste. Se acabó la historia. Adiós, Angelo.

Echó a andar por la calle y llegó a la estación de metro. Al cruzar los tornos, sintió de pronto una conmoción detrás de ella y supo quién era la causa.

–Casi lo consigues –le susurró Angelo al oído sin aliento–. Pero cuando digo que quiero hablarte, lo digo en serio.

Ella lo miró, se fijó en su traje impecable y se echó a reír.

–Cuántas cosas ves cuando estás conmigo, ¿verdad, Angelo?

Su rostro era una máscara de hielo.

–No te olvides de dónde vengo, Anna. He dormido en estaciones de metro en el pasado, así que hablar en el metro no presenta ningún inconveniente para mí, te lo aseguro. Sobre todo porque será breve.

–Sí, será breve porque no tengo nada que decirte.

Ella levantó la vista, y por un instante percibió cierta desesperación en su mirada.

–Por favor, Anna, dímelo y ya está. Hay un riesgo, ambos lo sabemos.

Ella suspiró, y se sentía cada vez más débil.

–¿Por qué, Angelo? ¿Por qué puede importarte? Jamás te he pedido nada; no quiero tu dinero.

A Angelo se le encogió el corazón de dolor.

–Necesito saberlo, ya está. Por razones personales.

Ella agachó la cabeza. Habló en voz tan baja que Angelo tuvo que acercar la cara un poco más; pero también le llegó su maravilloso aroma.

–Dijiste que tenías otros... compromisos. ¿Acaso te vas a casar?

Ojalá un día lo perdonara por lo que iba a hacer.

–Sí –dijo en tono seco–. Sí, eso es. Me gustaría... dejar todo zanjado primero. No quiero que lo que pasó en el pasado se interponga en mi... en nuestro... futuro.

Dos gruesos lagrimones fueron la única indicación

de su llanto. ¡Cada lágrima suya era como un latigazo para él! Un latigazo que merecía.

–Lo siento, Anna.

–No te preocupes, Angelo –dijo ella mientras continuaba avanzando por un pasillo–. Jamás se me ocurría poner fin a la vida de un ser vivo porque no fuera conveniente o porque no encajara con tus planes. Me sorprende que lo pienses siquiera, teniendo en cuenta tu pasado.

Habían llegado al andén, y a la ruda luz fluorescente Anna tenía el rostro gris.

–¿Qué quieres decir con mi pasado?

–Me refiero a tu madre –dijo en tono de disculpa–. Debió de sentirse sola, aterrorizada, muy desolada para hacer lo que hizo contigo; sin embargo te ofreció la oportunidad de que tuvieras una vida. Espero que, si me viera en la misma situación, yo fuera lo suficientemente valiente para hacer lo mismo.

Él se quedó mirando la pared de azulejos amarillentos sin ver, con la mandíbula apretada, sin poder hablar.

Sopló otra bocanada de aire caliente de los túneles que señalaba la llegada de otro tren. El público la empujó con fuerza sobre él.

–Si estuviera embarazada, nada me impediría tener el bebé; ni amarlo, como te amo a ti.

Y entonces, con la cabeza gacha, avanzó entre los demás viajeros.

Él volvió la cabeza, sintiendo como si le hubieran dado una patada en el estómago. La vio delante de las puertas del tren y avanzó hacia ella.

–¡*Dio*, Anna! No lo entiendes... –soltó en tono áspero–. ¡Tú no sabes nada!

–Sí que lo sé. Yo también soy adoptada –se metió en el vagón y se volvió a mirarlo–. Y, creeme, en este momento no demasiado, pero en general me alegro de estar viva.

Ella retrocedió al oír el silbato, mirándolo a la cara. Angelo parecía sobrecogido, pasmado.

–Y no estoy embarazada –añadió en voz baja–. Así que, ve, ya puedes ser feliz.

Angelo no sabía dónde había ido Anna, ni dónde vivía, ni cómo dar con ella. Apretó los dientes y trató de centrarse. Tal vez su padre pudiera ayudarlo, pero no tenía el teléfono de Ifford Park, y tenía el jet listo para volar a Francia esa noche.

De repente la esperanza renació en su pecho cuando se acordó de Arundel Ducasse. Cuando se había encontrado con Anna, iba de camino a una reunión en las oficinas de la inmobiliaria; y como ellos habían llevado la venta del *château*, seguramente tendrían su número de contacto.

Apretó el paso hasta que iba casi corriendo, tratando de ahogar el tremendo peso de la esperanza que le aplastaba el pecho. Tal vez hubiera oído mal a Anna; o a lo mejor no la había entendido bien.

Se había pasado las últimas cinco semanas que llevaban sin verse en un estado de entumecimiento mental y emocional. Desde el fondo de su dolor la había deseado, pero se había dado cuenta de que provocando su odio con la nota era la mejor manera de animarla a que terminara su embarazo, de haberse producido.

Por supuesto, no había creído en su coraje, en su capacidad de amar, en su sensibilidad.

Ni tampoco había sabido nada de que ella fuera también una hija adoptada.

Subió corriendo las escaleras de las oficinas de Arundel Ducasse, hizo una pausa en la parte superior con la mano en la puerta, antes de empujarla.

–¿En qué puedo ayudarle, señor? –le preguntó la chica del mostrador de recepción, mirándolo con una sonrisa educada que al pronto se desvaneció–. Oh, señor Emiliani.

Él se fijó en la señal de su mesa donde estaba impreso su nombre y esbozó una sonrisa de pesar.

–Sí, señorita Hanson Brooks, creo que puede ayudarme. ¿O prefieres que te llame Felicity?

Fliss salió temprano de la oficina y tomó un taxi hasta su apartamento. Había decidido ser menos gastosa y había dejado de tomar taxis; pero la ocasión merecía estar allí lo antes posible.

Cerró la puerta con fuerza sin esperar a que el hombre le diera el cambio y corrió por el camino hasta la puerta; subió las escaleras lo más deprisa que le permitían sus tacones, incapaz de dominar una sonrisa de oreja a oreja.

Finalmente abrió la puerta de su apartamento y entró con el mismo dinamismo.

–¡Anna! –exclamó–. Anna, adivina qué. ¿A que no sabes con quién he pasado la tarde?

Pero su voz retumbó en el apartamento, muriendo en el pesado silencio. No le hizo falta leer primero la nota de la cocina para saber que Anna se había marchado.

Querida Fliss:
Me llevo mis penas de aquí una temporada. Siento haber sido una compañera tan horrible en estas últimas semanas, y gracias por todo.
Besos,
Anna

Fliss maldijo sucintamente. No le haría mucha ilusión contárselo a Angelo.

Capítulo 15

Y EL PRÍNCIPE *y la princesa se casaron y vivie-*
ron felices para siempre...
Anna cerró el libro y miró a la pequeña que estaba acurrucada sobre ella.

—Es hora de dormir, Suzette. ¿Te ha gustado el
cuento?

—*Oui*, Anna.

La niña se metió el pulgar en la boca y se aco-
modó bajo la colcha; Anna se agachó para darle un
beso en la frente. La suave paz que había encontrado
el mes que llevaba en el convento y como ayudante
voluntaria en el hogar para niños abandonados había
sido una sorpresa para ella. Los primeros días que había pasado allí se había preguntado si sobreviviría.
No sólo lo había hecho, sino que poco a poco había
empezado a sentirse más segura para reanudar de
nuevo su vida.

Sin embargo, había llegado el momento de marcharse del convento. En la llamada apresurada que le
había hecho a Fliss la noche que había llegado, le había dicho que iba a pasar un mes fuera, donde no podría ser contactada ni contactar con nadie. Recordó
cómo Fliss había tratado de detenerla, pero ella había
cortado la llamada para no ceder.

El mes había pasado ya. En el mundo exterior estaban a las puertas de la Navidad, y Anna pensó con ho-
rror en las tiendas atestadas de público y en el paso fre-
nético de la vida. Le habría gustado quedarse en el

convento, pero sabía que se estaba encariñando mucho con los niños, y por el bien de ellos no era buena idea.

Un rato más tarde, sentada a la ventana de la espartana celda, miró sobre las copas de los árboles hacia el *château* como había hecho cada noche desde que llegara.

Cuando había salido de casa de Fliss ese día, no había sabido que acabaría allí; sólo que tenía que alejarse. El ver a Angelo y enterarse encima de que se iba a casar había sido demasiado para ella. Después de que él se marchara de Ifford Park, había intentado creer que sus cicatrices eran tan profundas que sencillamente Angelo no había sido capaz de amar; pero enterarse de que estaba enamorado de otra había sido del todo insoportable.

Y por eso había sentido la necesidad de volver al lugar donde siempre se había sentido segura.

Al *château*.

Pero cuando esa misma noche había llegado al aeropuerto de Niza se había dado cuenta de que el *château* estaba vendido ya.

–¿Adónde la llevo, señorita?

–Al convento que está junto a Belle Eden.

–¿Al Sacre Coeur? Bien.

Y así era cómo había llegado a su hogar, al primer y olvidado hogar; al lugar donde había vivido cuando había sido un bebé, antes de que sir William y Lisette se la hubieran llevado.

Aquella tarde, cuando las puertas del vagón de metro se cerraban, había dicho que era adoptada. Y el decirlo así había sido un alivio para ella, y había plantado en su pensamiento la semilla de la idea que la había llevado allí.

Había ido con su madre allí cuando era muy pequeña, no tendría más de cinco o seis años. Pensándolo bien, suponía que su madre la había llevado para que la vieran las monjas que la habían cuidado de bebé. Pero después las visitas habían cesado cuando ella había sido lo bastante mayor para hacer preguntas.

La vergüenza. Ahí era donde había comenzado. Sin embargo, por primera vez en su vida, ya no sentía vergüenza, sólo se sentía en paz consigo misma.

Todo lo demás en su vida era como las consecuencias de un terremoto, donde su corazón se había perdido entre los escombros, pero al menos sabía quién era: Roseanna Delafield, solterona de aquella parroquia.

Estupendo. Sencillamente estupendo.

Cuando se montó en el taxi que la esperaba a la puerta del convento, Anna marcó el número del despacho de Fliss.

–Arundel Ducasse, buenos días, le habla Felicity. ¿En qué puedo...?

–Fliss. Soy yo.

–Anna. ¡Anna! ¿Dónde estás? ¿Qué tal estás? Oh, Dios mío... ¿Pero dónde has estado?

–Estoy bien. Estoy a las afueras de Cannes, pero voy para casa. Primero me voy a parar en el *château*. Quiero llevar unas flores a la tumba de mi madre y luego...

–¿Vas al *château*? ¿Ahora? Ay, Dios... De acuerdo, Anna, te tengo que dejar. Llámame pronto, ¿vale?

Su amiga cortó la conversación y Anna se quedó mirando por la ventana el paisaje familiar en los pocos kilómetros antes del llegar al *château*.

Se sorprendió al ver que la cancela de hierro estaba abierta; pero aun así le pidió al conductor que se parara en la valla principal para poder acercarse a pie.

Al dar la vuelta a la última curva del camino, fue como volver en el tiempo. El *château* estaba igual a como lo recordaba ella de niña, limpio y cuidado, como lo había tenido su abuela. La madera carcomida había sido reparada y repintada, las tuberías rotas reemplazadas y las tejas que faltaban, sustituidas por otras. Habían retirado el musgo y las malas hierbas de las cañerías y de la mampostería; y en general, estaba todo reluciente.

Sacó las llaves del bolso temblándole las manos, y avanzando hasta la puerta probó la más grande de las dos. Sin duda Angelo habría cambiado las cerraduras ya...

La llave entró y giró.

Al instante estaba de pie en el vestíbulo y todo era como debía de haber sido hacía más de cien años, todo había sido renovado y conservado, restaurado y limpiado.

Anna subió las escaleras aturdida, pensando que estaba soñando. Cuando entró en la habitación de su abuela un momento después, gimió de sorpresa, puesto que todo estaba exactamente igual que cuando había vivido su abuela.

Pero de pronto el sueño se convirtió en pesadilla, y a Anna se le heló la sangre en las venas.

Allí, colgando de la puerta del ropero, había un vestido protegido por un plástico. Un largo vestido color marfil.

Un vestido de novia.

Gimió de angustia cuando se dio cuenta de lo que había pasado. Angelo había cambiado de planes; no quería montar una clínica en el *château*, sino que lo había renovado para vivir allí con su futura esposa y formar una familia.

Se casarían allí, como *ella* siempre había querido.

Anna se quedó paralizada en medio de la habitación; sin saber qué hacer. En ese momento se oyeron ruidos fuera, la puerta de un coche al cerrarse y unas pisadas en la grava. Anna miró a su alrededor asustada, y salió corriendo de la habitación y escaleras abajo, justo cuando se abrió la puerta de la casa.

Angelo la miró con preocupación.

—¡Anna!

—Lo sé –dijo ella–. Lo siento mucho, sé que no debería estar aquí. Ya me iba.

—¡No! –gritó al tiempo que subía corriendo las escaleras hacia ella.

Ella retrocedió asustada, temblorosa; y al ver su reacción, Angelo se paró en seco.

—Por favor, Angelo... No digas nada, por favor. Estoy recuperándome; el último mes ha sido... ha sido bueno. Cualquier cosa que digas me hará daño, por favor.

Angelo tuvo que contenerse para no estrecharla entre sus brazos.

—Tenemos que hablar, Anna. Hay tantas cosas que tú no sabes.

—¡No! –su exclamación resonó en la cúpula del techo–. Angelo... ya he visto el vestido de boda. No necesito oír nada más.

Él gimió y se llevó las manos a la cabeza.

—¡Lo has visto! Lo siento... Quería hablar primero contigo.

—No hay necesidad –sollozó mientras pasaba con rapidez delante de él y bajaba rápidamente las escaleras–. Ya me dijiste en Londres que ibas a casarte, ¿te acuerdas? No es que no haya tenido tiempo para hacerme a la idea... –Anna se detuvo un momento, se agarró al pasamanos y se volvió a mirarlo; tenía la cara llorosa–. Pero eso no significa que lo haya superado.

Angelo sintió una oleada de esperanza. En su desesperación por arreglar las cosas entre ellos, se le había olvidado que le había dicho esa mentira. Anna había visto el vestido y asumido que era para otra persona.

–No –gimió–. No, Anna, no... El vestido... ¿Es que no lo has visto bien?

Ella soltó una risa histérica.

–¿Para qué quieres que lo mire bien? ¿Para poder imaginar lo preciosa que estará tu novia el día de vuestra boda, Angelo? Creo que prefiero no saberlo.

–Anna, ven aquí, por favor –le dijo en el tono más dulce que pudiera imaginar.

–No puedo –respondió con voz temblorosa.

–De acuerdo –suspiró él–. Entonces voy yo por ti.

–¡No! –gritó–. No lo hagas, Angelo. Será peor.

Anna estaba como un animalito asustado; un falso movimiento, y se le escaparía para siempre. Tal vez tuviera razón Anna; a lo mejor era preferible decir lo que tenía que decir en ese momento, mientras no le distrajera su proximidad. Porque no tenía ni idea de cómo se lo tomaría ella; cuando se enterara de que él era hijo de Lisette, tal vez no quisiera volver a verlo.

–Hay algo que tengo que contarte, Anna. Tal vez no te resulte fácil.

¡Angelo iba a decirle que la otra estaba embarazada! Anna se tapó los oídos.

–¡No, por favor, Angelo! No necesito escuchar nada más.

Angelo perdió el control.

–¡Sí, sí que necesitas oír todo lo demás! ¡Escúchame, Anna, por amor de Dios!

–¿Por qué? Ya me has destruido. ¿Es que no te parece suficiente?

Angelo se sentó en un escalón y agachó la cabeza entre las manos.

–Mira, Anna, ese día te dejé en Ifford no porque tú dijeras o hicieras nada, sino por esto –Angelo sacó un pequeño estuche del bolsillo y se lo pasó a ella.

Anna cerró los ojos.

–Ibas a pedirle a esa mujer que se casara contigo –susurró con un hilo de voz.

–¡No! –exclamó con fastidio–. Toma. Míralo.

Ella abrió la caja y entonces lo miró sin comprender.

–Mi colgante. No entiendo...

–*No* es tu colgante, Anna. Es el pendiente que falta. El pendiente que se perdió de Lisette. A mí me dejaron en un convento cuando sólo contaba unas horas de vida, envuelto en una mantilla y con este pendiente prendido dentro.

Ella abrió los ojos como platos, asustada.

–¿Mi madre...?

–Era mi madre –terminó de decir él–. Aparentemente mantuvo una breve relación con otra persona el verano que se prometió en matrimonio con tu padre, y parece que yo fui el inoportuno resultado. Cuando vi tu colgante, pensé que eras mi hermana. No podía creer lo que te había hecho; tenía que marcharme antes de que te arrastrara conmigo a una situación insostenible.

Se hizo el silencio mientras Anna contemplaba las pequeños rubíes y los diamantes que descansaban en su lecho de terciopelo del estuche. Un montón de pensamientos se agolpaban en su mente, que junto con los recuerdos de los últimos y horrorosos meses le dieron el panorama del sufrimiento de Angelo.

–Por eso querías saber si estaba embarazada... –susurró.

–Sí –dijo él.

Ella percibió su voz quebrada y alzó la mirada. Angelo tenía la misma expresión de fiera determinación en el rostro que aquel día en la estación; sólo que esta vez, cuando lo miró, notó también el leve temblor en sus labios y comprendió el significado.

–Oh, Angelo –susurró con el corazón en un puño–. Lo siento...

Él se puso de pie rápidamente, subió las escaleras y desapareció de su vista. Anna cerró el estuche y lo siguió despacio, aturdida con mil pensamientos y preguntas; pero todas ellas confluían en una sola cuestión, en un solo pensamiento.

Lo encontró en el cuarto de su abuela, de pie junto a la ventana, como el día que lo había conocido.

–¿Angelo? ¿Por qué no me lo dijiste?

Él no volvió la cabeza, pero la sacudió despacio, con aire desconsolado.

–¿Y soportar que me miraras con asco? ¿Cómo iba a hacer eso?

Le pareció ver el brillo de una lágrima reflejada en el cristal de la ventana, y deseó abrazarlo y consolarlo. Pero Angelo no era suyo; pertenecía a otra mujer.

–Fue culpa mía –dijo ella con un gemido de angustia–. Si al menos hubiera sido más sincera conmigo misma en lugar de intentar ocultar quién era, que era adoptada, nada de esto hubiera pasado. Parece tan ridículo ahora. Pero mis padres me lo habían ocultado durante años, como si fuera algo de lo que avergonzarse. Mi padre... Debió de ser muy difícil para él, con la presión de toda esa responsabilidad familiar, averiguar que no podía tener hijos; e imagino que yo no hice más que tomar el testigo de su vergüenza. Yo también me sentía avergonzada por ser la que había roto el linaje Delafield que remontaba hasta tiempos de la maldita conquista normanda. Me sentía como una impostora, un engaño. Y entonces, ese día en la estación, me di cuenta de que nada de eso importa. Sé que tengo suerte, pero... –los sollozos le impidieron continuar–. Típico de mí –sonrió medio llorosa–. Me di cuenta demasiado tarde.

Él se volvió despacio a mirarla.

–¿Por qué? –dijo con voz ronca–. ¿Por qué dices que es demasiado tarde?

–Bueno, ya tienes el vestido –dijo con desconsuelo, señalando a la prenda que colgaba cubierta con la funda–. El vestido de novia.

–Míralo.

Despacio, Anna se acercó al vestido. Le temblaron las manos al retirar la funda; entonces retrocedió un paso para admirarlo.

De repente se tapó la boca con las dos manos mientras se le saltaban de nuevo las lágrimas. Aquel vestido era una réplica exacta del vestido que su madre le había hecho de pequeña. No le faltaba ni un detalle, todo ello confeccionado con las telas más exquisitas.

–Es tuyo. Todo es tuyo. El *château*, los muebles, el vestido, todo.

–¿Y tú?

–Oh, Anna –gimió suavemente–. Eso por supuesto, pero para que quede claro voy a decirlo. Soy tuyo, todo lo que tengo es tuyo. Te amo. A lo mejor eres muy liberal y no quieres hacer algo tan convencional como casarse; pero si no quieres, no me importará, porque yo voy a seguir amándote sea como sea. Puedes ponerte el vestido y bailar descalza en la arena, me da lo mismo –se adelantó y la besó en la boca con ardor–. Sólo quiero estar ahí a tu lado. Para siempre.

–¿Y si quiero casarme? –dijo ella.

–Entonces, por favor, cásate conmigo –sonrió con recelo–. Cásate conmigo lo antes posible y deja descansar a tu pobre amiga Felicity. Lleva buscando un vestido de dama de honor desde que te marchaste y está deseando que le digas qué color quieres que escoja.

Anna reía y lloraba a la vez, presa de la emoción; pero cuando Angelo empezó a besarla se olvidó de todo lo demás. Pasaron unos momentos antes de que se dieran cuenta de que sonaba el móvil de Angelo; y otros segundos más antes de que Angelo contestara.

–Fliss... Sí, estoy con ella en este momento... –sonriente, miró a Anna con amor–. Sí, se lo he pedido, la verdad –le dijo–. Pero, ahora que lo dices, creo que todavía no me ha dado una respuesta definitiva...

–Sí –susurró Anna, mirándolo a los ojos–. ¡Sí, sí, sí! –gritó.

Angelo arqueó una ceja.

–¿La has oído? Ha dicho que sí...

Bianca™

Había sido su amante... y dos años después se convertiría en su esposa

Freya Addison se había enamorado del sexy millonario Zac Deverell y juntos habían tenido un apasionado romance durante el cual él le había dado todo lo que el dinero pudiera comprar y todo el placer que ella habría podido imaginar... Pero cuando Freya anunció que estaba embarazada... Zac la echó de su lado y le rompió el corazón.

Al volver a encontrarse dos años después, Zac no comprendía cómo Freya se atrevía a decir que aquella niña era suya porque él tenía motivos para pensar que no era así. Pero la pasión que había entre ellos seguía siendo tan intensa como siempre, por lo que Zac decidió llevarse a Freya a Mónaco para descubrir toda la verdad...

Hija del deseo

Chantelle Shaw

Acepte 2 de nuestras mejores novelas de amor GRATIS

¡Y reciba un regalo sorpresa!

Oferta especial de tiempo limitado

Rellene el cupón y envíelo a
Harlequin Reader Service®
3010 Walden Ave.
P.O. Box 1867
Buffalo, N.Y. 14240-1867

¡Sí! Por favor, envíenme 2 novelas de amor de Harlequin (1 Bianca® y 1 Deseo®) gratis, más el regalo sorpresa. Luego remítanme 4 novelas nuevas todos los meses, las cuales recibiré mucho antes de que aparezcan en librerías, y factúrenme al bajo precio de $3,24 cada una, más $0,25 por envío e impuesto de ventas, si corresponde*. Este es el precio total, y es un ahorro de casi el 20% sobre el precio de portada. !Una oferta excelente! Entiendo que el hecho de aceptar estos libros y el regalo no me obliga en forma alguna a la compra de libros adicionales. Y también que puedo devolver cualquier envío y cancelar en cualquier momento. Aún si decido no comprar ningún otro libro de Harlequin, los 2 libros gratis y el regalo sorpresa son míos para siempre.

416 LBN DU7N

Nombre y apellido	(Por favor, letra de molde)	
Dirección	Apartamento No.	
Ciudad	Estado	Zona postal

Esta oferta se limita a un pedido por hogar y no está disponible para los subscriptores actuales de Deseo® y Bianca®.
*Los términos y precios quedan sujetos a cambios sin aviso previo.
Impuestos de ventas aplican en N.Y.

SPN-03   ©2003 Harlequin Enterprises Limited

Jazmín™

Esperando un milagro
Jackie Braun

**Ella no esperaba que-
darse embarazada...
Él no esperaba enamo-
rarse**

Al descubrir que se había quedado embarazada, Lauren
Seville supo que la vida que
conocía había llegado a su
fin... y que era el comienzo de
lo que siempre había soñado.
Entonces encontró el lugar
perfecto para ella y su futuro
hijo y algo que no esperaba:
una sorprendente atracción
por su guapísimo casero.

Desde el momento en que
Lauren se mudó a aquella casi-
ta de su propiedad, Gavin
O'Donnell sintió un increíble
instinto de protección hacia
ella. Pero a medida que se
acercaba la fecha del parto,
aquella mujer tan indepen-
diente despertó en él algo
más: el deseo de ser padre.

Deseo™

Unidos por el honor

Peggy Moreland

Unas cuantas verdades a medias le habían ayudado a entrar en su casa y unas mentiras piadosas habían hecho que acabara viviendo con ella. Pero no era así como el texano Sam Forrester había planeado cumplir su promesa. Su misión era obtener algunas respuestas de la bella Leah Kittrell... y ella nunca le habría dejado entrar en su casa y en su vida si hubiera sabido quién era realmente.

Pero lo que debía haber sido una sencilla cuestión de negocios se convirtió en una apasionada aventura. Sam no tardó en encontrarse en la cama de Leah y entonces supo que cuando ella descubriera la verdad, no podría perdonarlo.

**Sólo pretendía cumplir una promesa...
no encontrar el amor de su vida**